臺灣文學研究叢書 4

臺灣文學史研究

汪毅夫著

蘭臺出版社

目 次

臺灣文學：民俗、方言的介入
——關於一種間歇性文學現象的描述和思考

在臺灣文學史上，這是一個淡出淡入、隱而複現的畫面：眾多的作家共同傾心於在他們的作品裡記錄臺灣民俗事象、採用臺灣方言詞語。

文學上的采風之風並非空穴來風，它的發生和發揚是有條件的，得勢而行，失時輒止，隨著出於政治、經濟、社會、文化諸方面的各種因素而消長起伏。臺灣民俗、臺灣方言廣泛介入臺灣文學的現象乃表現為一種間歇性的文學現象。

一、

臺灣學者陳香嘗謂：

清人奄台，修文偃武，氣候逐漸晴朗……但詩風一變。士

> 君子詠蠻花、吟犵草，進而競相雕詞琢句。賦滄州逸興者有之，獵鯤海風光者有之，人們因稱之為「鄉土文學」。實則厥為詩在臺灣的開始滋榮。惟這類取材有限的詩，旋又趨入擊缽聯吟的窄徑，僅聊堪自視為清詩中罕見的野花而已。[1]

這裡概括的是清代臺灣采風詩、實際上也是清代臺灣文壇采風之風由盛入衰的歷史過程。

從清代康熙年開始，一批又一批大陸作家以游宦、遊幕或者遊學先後入台。遊歷臺灣的大陸作家首開風氣，乾隆年起又有臺灣本地作家出而回應，清代臺灣文壇的采風之風曾經蔚為大觀、百年不衰，也曾受制受挫、終於一蹶不振。

清一代遊歷臺灣或者寓居臺灣的作家幾乎莫不留有采寫臺灣民俗方言的作品。這些作品略可分為采風詩和風土筆記兩類。

清代臺灣采風詩包括了四言、五言、七言、雜言（如孫湘南《裸人叢笑篇》裡四言、五言、七言、雜言各體皆備），律（五律如孫爾准《台陽雜詠》，七律如馬子翊《台陽雜興》）、絕（如張湄《瀛台百詠》）、古（如藍鼎元《臺灣近詠》）各體，而尤以宜莊宜諧、宜於記錄風土人情的「七言竹枝」[2]之體即竹枝詞的創作成績為最佳。

清代臺灣采風詩之主要作家、主要作品有：齊體物《番俗雜詠》；高拱乾《東寧十詠》；郁永河《臺灣竹枝詞》、《土番竹枝詞》；

---

1 陳香：《臺灣十二家詩抄・緒言》。

2 翁方綱語，見翁方綱《石州詩話》。

孫湘南《裸人叢笑篇》、《秋日雜詠》；阮蔡文《淡水紀行詩》；藍鼎元《臺灣近詠》；黃叔璥《番俗雜詠》；鄭大樞《風物吟》；夏之芳《臺灣雜詠》；吳廷華《社寮雜詩》；范咸《台江雜詠》、《再迭台江雜詠》、《三迭台江雜詠》；張湄《瀛壖百詠》；李如員《台城竹枝詞》；孫霖《赤嵌竹枝詞》；卓肇昌《東港竹枝詞》、《三畏軒竹枝詞》；蔣士銓《臺灣賞番圖》；周芬鬥《諸羅十二番社詩》；朱仕玠《瀛涯漁唱》；謝金鑾《臺灣竹枝詞》；陳廷憲《澎湖雜詠》；周凱《澎湖雜詠和陳別駕廷憲》；施瓊芳《盂蘭盆會竹枝詞》、《北港進香詞》；彭廷選《盂蘭竹枝詞》；劉家謀《台海竹枝詞》、《海音詩》、《海東雜詩》、《海舶雜詩》、《唐山客》、《虎老爹》、《大頭家》、《草地人》、《羅漢腳》、《童卟曲》、《珠母孫》、《赤腳苦》、《七夕》；陳肇興《赤嵌竹枝詞》、《番社過年歌》；黃敬《基隆竹枝》；鄭用錫《盂蘭盆詞》；查元鼎《澎湖竹枝詞》；陳維英《清明竹枝詞》；張書紳《端午竹枝詞》；傅於天《葫蘆墩竹枝詞》；王凱泰《臺灣雜詠》、《臺灣續詠》；何澄《台陽雜詠》；馬子翊《台陽雜興》；吳德功《臺灣竹枝詞》、《番社竹枝詞》；許南英《臺灣竹枝詞》；周莘仲《臺灣竹枝詞》；謝蘋香《鳳山竹枝詞》；康作銘《瑯嶠竹枝詞》；李振唐《臺灣竹枝詞》；陳朝龍《竹塹竹枝詞》；黃逢昶《臺灣竹枝詞》；丘逢甲《臺灣竹枝詞》；屠繼善《恆春竹枝詞》。

清代臺灣風土筆記中較著者有《稗海紀遊》（郁永河，1697）、《台海使槎錄》（黃叔敬，1742）、《台海見聞錄》（董天工，1751）、《海東剳記》（朱景英，1772）、《蠡測匯抄》（鄧傳安，1830）、《問俗錄》（陳盛韶，1833）、《一肚皮集》（吳子光，1873）、《東瀛識略》（丁紹儀，1875）、《台陽見聞錄》（唐贊袞，1891）等。這類作品多富於文學色彩，鄧傳安在《〈蠡測匯抄〉自敘》裡就指出《蠡測匯抄》不同於「案牘應酬之作」。臺灣風土筆記記錄臺灣民俗事象，繪聲繪色、活靈活現，有許多精彩的片段。如吳子光《一肚皮集》記「臺地盂蘭會」：

> 屆時，為首者齋戒起燈竿，高數尋，懸燭籠其上，光瑩瑩照徹四野。依廟為壇，施彩結，四壁掛古人山水名跡幾遍，旁置金鴨，爇沈水香，氤氳滿室。諸螺鈿椅案，悉列縹瓷及古鼎彝玩，器甚潔淨。又假楮帛飾金銀山與土地仙佛形狀，金迷紙醉，如入銀世界中。晚放水燈，或送王爺船。諸執事人等役唯謹，無敢嘩失禮者……其壇外則梨園歌唱，百戲鏜□，緣橦者、弄猴者、吞刀吐火、喝雉呼盧者，各以技奏……

又如董天工《台海見聞錄》記臺灣民俗事象，常引詩句為之添色，詩、文俱佳，引人入勝。

從清代采風詩和風土筆記裡，我們可以看到如下幾個方面的情況：

其一，民俗和方言相伴相隨。

「聊訂竹枝當采風」[3]和「聊將俚語當新詩」[4]，這是清代臺灣采風詩創作的兩大號召；而清代臺灣風土筆記除了記錄臺灣民俗事象，也常有解釋臺灣方言詞語的差事。作家們在理論上認定

---

[3] 高拱乾：《東寧十詠》。

[4] 康作銘：《瑯嶠竹枝詞》。

「竹枝雜道風土，雖方言里諺皆可入，則猶《國風》之遺也」[5]；在實踐中則不僅「採風問俗，顯微闡幽」[6]，「殷勤問土風」[7]，也留心及於方言的分佈、「官音」的普及和方言詞語的音義：「音語止一方，他處不能辨」[8]、「聲音略與後壟異」[9]；「試將蠻語問參軍」[10]。

民俗和方言本來就有一層如影相隨的密切關係。民俗學家顧頡剛曾經說：「以風俗解釋方言，即以方言表現風俗，這是民俗學中新創的風格，我深信其必有偉大的發展。」[11]顧頡剛肯定的是人類文化語言學（ethnolinguistics）的研究方向，也是民俗和方言之間的密切關係。臺灣民俗和臺灣方言共同介入臺灣文學，主要是由這層關係約定的。

清代臺灣采風詩作品裡，孫湘南《裸人叢笑篇》等記臺灣南島語系群族（Taiwan Austronesian race groups）的民俗事象多種，又取南島語系詞語入詩。乾隆年間蔣士銓亦有《臺灣賞番圖》記臺灣南島語系群族的器用、狩獵、歌舞、服飾、飲食、文身、鑿齒、穿耳、嫁娶、文字、禮數等情甚詳，詩中並有「麻達（未娶之番）」、「出草（獵曰出草）」、「貓（未嫁番女）」、「仙（已娶之番）」、「達戈紋（番錦曰達戈紋）」、「蟒甲（獨木舟名）」等南島

---

5 謝金鑾：《〈臺灣竹枝詞〉序》。
6 韋廷芳：《海音詩・韋序》。
7 阮蔡文：《淡水紀行詩》。
8 周芬鬥：《諸羅十一番社詩》。
9 阮蔡文：《淡水紀行詩》「肩輿絕跡官音解」。
10 錢大昕：《題李西華〈賞番圖〉》。
11 轉引自朱介凡：《中國謠俗論叢》，臺北聯經出版事業公司 1986 年版。

語係詞和「舍」(對世家子弟的尊稱，語近「少爺」)、「禾間」(倉)等閩南方言詞語。道光年間劉家謀在台所撰《觀海集》和《海音詩》二書收有采寫臺灣民俗的作品近 150 首。這些作品記臺灣歷史文物、歲時年事、禮儀禮數、飲食服飾、佛寺道觀、方言俚語，「引注詳實，足資志乘」[12]。其中有的作品乃取臺灣民諺點染而成，有的則取臺灣俚語編派而成，如：

> 台牛澎女總勞躬，八罩何須羨媽宮。至竟好公誰嫁得，年年元夜學偷蔥（澎地一切種植俱男女並力，然女更功於男。諺云:「澎湖女人臺灣牛」，言勞苦過甚也；八罩、媽宮並澎湖地名。八罩人極貧，媽宮稍豪富。諺云:「命低嫁八罩，命好嫁媽宮」；元宵未字之女必偷人蔥菜，諺云：「偷得蔥，嫁好公，偷得菜，嫁好婿」。）
>
> 郎船可有風吹否，新婦啼時郎識無。怕郎不見遍身苦，勸郎且作回頭烏(風吹否，魚名；新婦啼，魚名，狀本鮮肥，熟則拳縮，意取新婦未諳，恐被姑責也；遍身苦，魚名，身有花點；烏魚每冬至前去大海散子，後引子歸海港，曰回頭烏)。
>
> ——《觀海集・台海竹枝詞》

《海音詩》裡有二十餘處採用同臺灣民俗有關的臺灣方言詞語，例如：屬於歲時氣候用語的「尾壓」(臘月十六日之節慶)、「秋成」(秋季收成之節慶)、「海吼」(海濤之聲)；屬於名物用

---

[12] 連橫:《臺灣詩乘》。

語的「土豆」(花生)、「三杯」(臺灣稻穀品種名)、「含蕊傘」(臺灣婦女用品)等；屬於稱謂用語的「大家」(公公)、「尪」(丈夫)、「頭家」(老闆或富人)、「查畒子」(女子)、「後生」(男子)、「唐山客」(大陸人)、「香腳」(香客)、「牽手」(夫妻對稱)、「加令仔」(遊民) 等。

清代臺灣風土筆記也常將記錄民俗事象和解釋方言詞語編為同一道程式。

如丁紹儀《東瀛識略》記：

> 出海者，義取逐疫，古所謂儺。鳩贊造木舟，以五彩紙為瘟王像三座，延道士禮醮二日夜或三日夜。醮盡日，盛設牲醴演戲，名曰請王。既畢，舁瘟王像舟中，凡百食物、器用、財寶無不備，鼓吹儀仗，送船入水，順流以去則喜。或泊於岸，其鄉多厲，必更禳之。每醮費數百金，亦有閑一、二年始舉者。

又如朱景英《海東劄記》記：

> 俗喜迎神賽會，如天后誕辰、中元普度，輒醵金境內，備極鋪陳，導從列仗，華傒異常。又出金傭人家垂髫女子，裝扮故事，舁遊於市，謂之台閣。

類似的例子尚不勝枚舉。

其二，殊相與共相相反相成。

清代臺灣采風詩和風土筆記莫不以記錄臺灣的奇風異俗為能事。臺灣學者黃純青指出：

> 我台山川之美麗，花木之奇異，氣候之溫和，閩粵民族之殊風，生熟番人之異俗，與中原不同。故滿清時代，自中土來官臺灣，都有感慨海外特殊之風土，發為竹枝詞，如雍正中巡台御史夏之芳《台陽百詠》，其他散見於《社寮集》、《赤嵌集》、《臺灣雜詠》，以及府縣廳志等，不遑枚舉。[13]

遊歷臺灣的作家如此，寓居臺灣的作家亦如此。

然而，臺灣的「奇風異俗」，臺灣民俗文化的某些特殊性（殊相），是在同大陸民俗事象相比較、在大陸民俗文化的觀照下顯示出來的。作家們有意無意之間常將臺灣民俗文化同大陸民俗文化聯繫起來。

例如，在臺灣的媽祖信仰裡，媽祖有「大天后宮媽祖」（俗稱「台南媽」）、「朝天宮媽祖」（俗稱「北港媽祖」）和「鎮瀾宮媽祖」（俗稱「大甲媽」）等的分立，同一媽祖宮如朝天官內又有「大媽」、「二媽」、「三媽」、「副三媽」及「糖郊媽」、「太平媽」等的分別。按照舊例，「北港媽祖」每三年一次向「台南媽」進香，「大甲媽」則一年一度向「北港媽祖」進香。王凱泰《臺灣雜詠》將臺灣媽祖信仰的這一殊相同福建媽祖信仰的情況聯繫起來，詩曰：「湄洲靈跡原無二，北港如何拜郡城」。

又如，劉家謀《海音詩》有句並注云：

> 張蓋途行禮自持，文公巾帽意猶遺（婦女出行，以傘自遮，

---

[13] 黃純青：《談「竹枝」》(1934)；轉引自翁聖峰：《清代臺灣竹枝詞之研究》，淡江大學中國文學研究所，1992年12月。

曰「含蕊傘」，即漳州「文公兜」遺意也）。

據徐宗幹《�廬雜記》（1845），「女人以帛如風帽蔽其額，曰文公兜」。劉家謀將臺灣的「含蕊傘」同漳州的「文公兜」聯繫起來，頗有見識。

又如，臺灣各書院必祀朱子，鄧傳安《蠡測匯抄》指出這一特殊現象其實是閩、台兩地共有的現象：「書院必祀朱子，八閩之所同也」，「閩中大儒以朱子為最，故書院無不崇奉，海外亦然」。

又如，臺灣「中元普度」之盛和臺灣「中元普度」的來由都受到注意。何澄《台陽雜詠》有句云「閩人信鬼世無儔，台郡巫風亦效尤」；吳子光《一肚皮集》記：「《東京夢華錄》：中元節以竹竿斫成二，腳高三、五尺，上織燈窩之狀，謂之盂蘭會……是會臺地尤盛」；丁紹儀《東瀛識略》記：「福州諸郡亦興出海，船與各物皆紙糊為之，象形而已，即普度亦弗如台」。

又如，丁紹儀《東瀛識略》記：

> 南人尚鬼，臺灣尤甚。病不信醫而信巫。有非僧非道專事祈禳者曰客師，攜一撮米往占曰米卦，書符行法而禱於神，鼓角喧天，竟夜而罷。病不即愈，信之彌篤。

這裡將巫術同宗教區別開來，又將臺灣的「米卦」同客家移民、同「客師」聯繫起來，循著這條思路，按照這種暗示，人們會發現中國古代巫術同臺灣巫術的源流。[14]

---

14 《詩‧小雅‧小宛》：「握粟出卜」；《淮南子》：「醫之用針石，巫之用糈藉，所救鈞也」；《離騷》：「懷椒糈而要之」。這是中國古代有「米卦」流行的

其三，便利和限制相生相剋。

就清代臺灣竹枝詞的創作而言，豐富多彩的臺灣民俗題材以及竹枝詞一體在描寫風土人情方面的表現力，這是作者們能夠得到的便利。然而，臺灣的民俗題材畢竟有限，而竹枝詞一體以七言四句的形式終究量淺。於是，從臺灣民俗題材和竹枝詞一體也恰恰產生出限制清代臺灣竹枝詞創作發展的消極因素來。當臺灣的民俗事項在他人的作品裡一一得到表現，後起的作者不能不感到取材有限的困難和不蹈他人窠臼的困難。舉例言之，當 1852 年劉家謀作《海音詩》一百首，所作皆「足資志乘」。《海音詩》之後以「臺灣竹枝詞百首」為題的幾種作品如丘逢甲《臺灣竹枝詞百首》[15]、黃逢昶《臺灣竹枝詞一百首》[16]所寫多不出於《海音詩》。丘逢甲《臺灣竹枝詞百首》被推為「久播騷壇」之作[17]，但其中至少有八首與周莘仲（福州人，曾任彰化縣教諭）所作《台陽竹枝詞》相同或大致相同。[18]黃逢昶《臺灣竹枝詞百首》則多有生吞活剝他人詩句而露拙處，如將臺灣「番民重女而輕男」之俗誤為臺灣漢民之俗，將當時已成「巨鎮」的鹿港誤為「熟番打獵之區」，等。連橫批評黃逢昶《臺灣竹枝詞百首》「事多失實，蓋以宦遊之人，偶聞異事，喜而記之，遂以為奇」[19]，王松則以

明確記載。

15 今僅見其 40 首。

16 今僅見其 75 首。

17 連橫：《臺灣詩乘》。

18 請參見拙著《臺灣社會與文化》所收《丘逢甲史實三題》一文，海峽文藝出版社 1994 年版。

19 連橫：《臺灣詩乘》。

「翻擷未終，倦欲思睡」[20]謂其興味索然。蔡碧吟《台陽竹枝詞》之「宜晴宜雨三月三」、「兒家風韻在檳榔」等名句其實是從鄭大樞《臺灣風物吟》、謝蘋香《鳳山竹枝詞》裡脫化而來的。竹枝詞一體宜莊宜諧，宜於采寫風物，但七言四句的簡短形式也常使作者言不盡意，拳曲未伸。為了克服這一困難，清代臺灣竹枝詞的作者們常用隨文附注之法[21]，箋闡意理，宣達衷曲。「隨文附注」幾乎成為清代臺灣竹枝詞創作的一種定例，「櫝勝於珠」即注文多於本文的現象也成了一個常見現象，這種定例，這個常見現象從側面反映出竹枝詞本身的局限性。

竹枝詞以外各體采風詩的創作和風土筆記的寫作在一定程度上也受到民俗題材的限制。例如，有關臺灣「番民」即臺灣南島語系群族的生活習俗，孫湘南《裸人叢笑篇》和蔣士銓《臺灣賞番圖》基本上已概其全，後起的「番社詩」、「社寮雜詩」一類作品在題材上難於出新。風土筆記的寫作也是如此，後期的作品如唐贊衮的《台陽見聞錄》（1891）不過是諮訪舊章、甄搜事類的作品，全無新的見聞可言。當然，有關臺灣風俗的田野調查和取證查證的工作不夠深入，也造成了采風詩和風土筆記取材的困難。例如，蔣士銓《臺灣賞番圖》誤將竊花[22]（「竊花得詈誠可憐」）、

20 王松：《台陽詩話》。

21 清代臺灣竹枝詞的作者有時也採用「組詩」形式來克服竹枝詞容量的限制，如施瓊芳《盂蘭盆會竹枝詞》、《北港進香詞》，彭廷選《盂蘭竹枝詞》，陳維英《清明竹枝詞》等。

22 請參見拙著《臺灣社會與文化》所收《臺灣竹枝詞風物記》一文。

磔犬[23]（「七夕磔犬長揖魁星前」）和擁蓋[24]（「番女障面出擁蓋」）等臺灣漢俗誤為臺灣「番」俗，取證不實，卻不見有後起的作者提出質疑。又如，關於臺灣南島語系群族的「鑿齒」之俗，孫湘南《裸人叢笑篇》謂：「猺蠻鑿齒喪其親，爾蠻鑿齒媾其婚」，阮蔡文《淡水紀行詩》記：「男女八九歲，牙前兩齒剗」。大陸少數民族仡佬、壯、傣等族的鑿齒之俗主要同成年、婚姻有關，孫湘南所謂「鑿齒喪其親」不知何據，阮蔡文所記幼年鑿齒亦不知其詳，這也不見有後起的作者進行查考。

我在上文已經談到，從清代康熙年開始，一批又一批大陸作家遊歷到了臺灣。出於對臺灣風物的好奇和關愛，也由於「入境問俗」、「下車觀風」一類古訓的驅動和影響，大陸遊台作家幾乎都寫有採風問俗的作品。清代乾隆年起，又有臺灣本地作家先後回應，在他們的作品裡采寫臺灣民俗。大陸遊台作家和臺灣本地作家相與戮力，臺灣文壇采風之風興焉盛焉，在咸、同迄於光緒初年（1851—1885）並且盛極一時。劉家謀《海音詩》（1851）顯示了清代臺灣采風之作創作的最佳狀態和最高水準。

臺灣建省（1885）以後，由於「詩鐘」（「擊缽吟」）一體的傳入和盛行，臺灣詩人的興趣和臺灣文壇的風氣發生了轉移[25]；

---

[23] 請參見拙著《臺灣近代文學叢稿》所收《臺灣竹枝詞風物記（二十則）》一文，海峽文藝出版社 1990 年版。

[24] 請參見拙著《臺灣近代文學叢稿》所收《臺灣竹枝詞風物記（二十則）》一文。

[25] 請參見拙著《臺灣近代文學叢稿》所收《擊缽吟：演變的歷史和歷史的功過》一文。

也由於題材和體裁等方面的限制，臺灣文壇采風之風從勢頭十足轉為強弩之末。甲午、乙未（1894—1895）年間，更由於政治的變動和戰爭的發動，采風之風終於完全歇止。

二、

日據前期（1895—1920），王石鵬、吳德功、徐莘田、林癡仙、梁啟超、連橫等作家仍在採風問俗、創作竹枝詞方面進行嘗試，他們各有《臺灣三字經》（王石鵬）、《臺灣竹枝詞》（吳德功）、《基隆竹枝詞》（徐莘田）、《台中竹枝詞》（林癡仙）、《臺灣竹枝詞》（梁啟超）和《台南竹枝詞》（連橫）問世。這些作品有的已印染有日據時期的某些色彩，如連橫《台南竹枝詞》之「散步閑吟萬葉歌，翩翩裙履任婆娑」句描述了和歌、和服行於台南街頭的情形。王石鵬的《臺灣三字經》采有關臺灣的「諸家之雜說及從東文譯處，編成韻語，仿宋王伯厚先生所著之《三字經》體，因顏曰《臺灣三字經》，首序位置、名稱、治亂、沿革，繼敘番部種族、山川、物產及經濟上之事業，莫不略舉其端。雖曰地理，而歷史寓焉」[26]。是書對於普及鄉土知識、宣傳愛鄉思想有積極的作用，但書中也流露出明顯的媚日傾向。徐莘田的《基隆竹枝詞》則是在日人主持的玉山吟社的活動中創作的。這兩部作品都有迎合投送的用意。

應該指出，日據當局和侵台日吏中的漢文學家、民俗學者出於政治上的需要和學術上的興趣，對臺灣民俗和臺灣方言的田野

[26] 王石鵬：《臺灣三字經・自序》。

調查、記錄著述工作頗為重視，一批臺灣學者亦與有力焉。日人的重視、臺灣學者的用力加上臺灣作家的嘗試，采風之風在日據前期的臺灣文壇上竟然未得重振。在我看來，其主要原因乃在於：日據前期臺灣文壇的復甦是以「擊缽吟」為契機，以「擊缽吟」創作的重新普及和結社聯吟風氣的重新傳佈為標誌的[27]，而採風問俗的文學作品在題材和體裁上的局限性仍然未得克服。在「擊缽吟」的強勢風氣下，文學上的采風之風因而不成氣候。

1920 年以後，情況發生了變化。

首先，「擊缽吟」創作中的遊戲之風和媚日傾向使得「擊缽吟」的創作逐漸墮入末路，臺灣新文學的宣導者又適時加以攻擊[28]。「擊缽吟」不再是臺灣文壇的主要創作風氣。

其二，大陸「五四」新文化運動和文學革命影響所及，臺灣作家開始用小說來表現臺灣民俗和臺灣方言。較之清代臺灣采風詩和臺灣風土筆記來，日據後期的臺灣小說在題材和體裁上的優勝和優越之處乃在於：民俗事象在作品裡不僅是客觀記錄的物件，而且是作者藉以表達主觀情志、發揮主觀想像的對象；作為小說裡的細節或情節，某些民俗事象並且被賦予新的內涵和新的意義。

其三，在日據當局「同化主義」和「奴化主義」政策的重壓之下，堅守傳統的民俗習慣和語言習慣已成為臺灣人抵制同化和奴化

---

[27] 請參見拙著《臺灣近代文學叢稿》所收《擊缽吟：演變的歷史和歷史的功過》一文。

[28] 請參見拙著《臺灣近代文學叢稿》所收《擊缽吟：演變的歷史和歷史的功過》一文。

的主要鬥爭方式，已成為臺灣人民最為看重的生活方式。由於「官話」（後來稱「國語」或「普通話」）在當時的臺灣普及率很低，臺灣人民主要用臺灣方言來抵制日據當局強制推行日語教學，將漢語列為各類學校的廢止科目或選修科目的同化主義政策[29]。傳統的民俗習慣和語言習慣也為臺灣作家所看重，這自然是順理成章的。

日據後期（1920—1945），臺灣習俗、臺灣方言廣泛介入臺灣文學的現象再次成為臺灣文壇上一個人所共見的現象。一部《光復前臺灣文學全集》（1920—1945）[30]簡直就是一部「臺灣民俗志」和「臺灣方言語彙」的合訂本。

這裡舉幾個實例來說明。

其一，洗骨葬（又稱「二次葬」、「多次葬」、「金鬥葬」、「甕葬」等）是曾在閩、台等地盛行的喪葬習俗，陳盛韶《問俗錄》（1833）卷六《詔安縣》和黃逢昶《臺灣竹枝詞》（1885）均有記載。

日據後期呂赫若著的小說《風水》（1942）圍繞洗骨葬這一民俗事象，編派出生動的細節和情節來顯示孝、悌同不孝、不悌的強烈反差。小說裡的周長乾老人因亡父托夢深感「父親去世已十五年，到現在還無法替他洗骨，實在是天大的不孝」，他為此「掛心」、「痛心」、「悲傷」，「日夜呻吟，已有好幾天，三餐不進了」。原來，按照風水師所謂「令尊的風水很特別，這地相對大房不好，卻庇蔭二房會榮華富貴」，周長乾的胞弟周長坤堅決反

---

29 請參見呂良弼、汪毅夫：《臺灣文化概觀》第 133—137 頁，福建教育出版社 1993 年版。

30 鍾肇政、葉石濤主編，臺北遠景出版社 1979 年版。

對為亡父洗骨遷葬。為了滿足父親的心願，周長乾的兒子們假稱已徵得叔父周長坤的同意，帶人上山洗骨遷葬。周長坤聞訊上山阻撓，並到周長乾家中大打出手。周長乾以兄弟親情為重，默默忍受了弟弟的鞭打。其後，周長坤家遭「凶厄」，「他就一次帶了三個風水師回來檢視風水。慎重檢視的結果，都認為父親的風水沒有變異，凶厄的原因是在母親的風水」。周長坤決定背著哥哥為亡母洗骨遷葬。這回是周長乾聞訊趕來阻止，「他害怕的是，只埋葬五年弟弟就要掘墓洗骨，未免太輕率了。普通一般的情形是要八年以上，因母親的風水是在乾燥的高地，不可能已完全化骨。把保有原形的母親的遺骸曝露在白日下，是天大的不孝」。弟弟不顧阻止，掘墓開棺。在小說臨末處，作者寫道：

> ……小時，他也曾陪著父親去替祖父洗骨。家人對洗骨的關心是非同小可的，一行在日出之前就要出門。女人和小孩，只要可以去的，都要參加。在開掘的時候，大家都要跪在墓庭行禮。周長坤也應該參加過。但現在又怎樣的情形呢？一想到今天，老人就不禁咬牙切齒。那裡還有敬祖尊宗的意念？如說是道德、社教的淪喪，未免太不容易了，弟弟也不可能不知道的吧。總括一句，就是貪和欲。為了滿足眼前的私利欲望，而犧牲了祖先。周長乾老人一想到現在的人卑鄙無恥，不禁淚水又奪眶而出，只好任憑孫子攙扶，步履蹣跚地下了山來。

小說設置的亡父墳墓的風水有利於二房而不利於大房，而亡母墳墓的風水卻不利於二房的矛盾，所表達的對傳統道德的依戀，對日據當局扼制和扼殺中華傳統文化之罪責的譴責，令人耳目一新，心折首肯！

其二，吳濁流的《陳大人》(1944) 有這樣一個細節：

> 神桌上排著很多古董，江西花瓶、呂洞賓、鐵拐仙、何仙姑、玉石觀音、象牙大圖章、古硯等，樣樣都是代表大戶人家的排場。

神桌、祭壇上羅陳古董，這是閩、台兩地特有的民俗事象[31]。其用意乃在於敬神禮佛、用人的文明鎮服鬼的野蠻及「代表大戶人家的排場」。《陳大人》採寫這一民俗事象，並通過古董引起的風波來表現日據時代宵小當道、斯文掃地的社會狀況。

其三，匡人也的《王爺豬》(1936) 詳記「HPT 地方」舉辦「王爺祭」的種種情況：各莊輪值、各戶攤派的規矩，祭壇、楹聯、香座、香爐、神像的陳設，三獻禮、跪拜、祈求、擲玟、許願、還願的儀式，爐主、頭家、信民各種人物的心態和神態，更有日人對臺灣民俗活動的管制和扼制、干預和干擾的情節貫穿始末。

在「奉請王爺公的期日」臨近時，日本員警 S 大人宣佈說：「再無幾日，這地方要請王爺了，王爺豬不知有幾許？你們所有要刣的豬羊，保正要預先調查詳細來報告，知影嗎？際此經濟大國難，若是可以儉起來的要儉，可省著要省，豬減刣些，金紙減燒些，將這沒有意義的費用節省起來，來國防獻金，你們的名聲，

---

31 請參見拙著《臺灣社會與文化》所收〈臺灣竹枝詞風物記〉一文。

你敢知？一時能夠驚動全台，我很希望有這款的人出現！」又說：「我卻也不是絕對叫你們，不可敬王爺啦，豬羊者是不得不著刣者，偷刣是絕對不可！本官當日要到各口灶去搜呵！那被我搜著是要罰金……」。「王爺祭」舉行的當日，S 大人突然帶人「由莊頭起開始大搜查……一入灶腳，將鈎子向鼎裡鈎來鈎去，如有發現豬毛或羊毛，就是偷刣的被疑者了，早上歡天喜地的善男信女，現在呼天喊地了，除起在壇口跪求著王爺的弟子而外，個個都是驚慌失措！」為求得「合境平安」而舉行的「王爺祭」，終於被日人的「國防獻金」和漏稅「罰金」攪得合境不安，作者采寫民俗活動的深刻用意完全得到實現和表現。

其四，賴和的《一杆「秤仔」》（1926）以傳統的年俗為背景，展示從「尾牙」、「除夕」、「圍爐」、「開正」到「元旦」所發生的「一幕悲劇」。

臺灣民間有「做牙」之俗，每月初二、十六，略備酒菜供奉神明亦一飽自家口福，這就叫「做牙」（與中國北方的「打牙祭」語近而義同）。臘月十六日的「做牙」乃是一年中的最後一次，所以叫「尾牙」。尾牙標示著新年將屆，人們開始忙年（臺灣方言稱「做年」）。

在《一杆「秤仔」》裡，得參大病初癒，「一直到年末。得參自己，才能做些輕的工作，看看『尾衙』（方言）到了，尚找不到相應的工作，若一至新春，萬事停辦了，更沒有做工的機會，所以須積蓄些新春半個月的食糧，得參的心裡，因此就分外煩惱而恐慌了」。借了親戚的一枚首飾當得「幾塊錢」，又從鄰家借了「一桿秤仔」，得參開始上街賣菜，幾天的所得，換了過年用的米、糖、門聯、佛像、香燭、金銀紙和花布。臨近除夕，遇上敲詐勒索的巡警，被打折了秤仔。除夕日，得參被帶到衙門，判了「三天監禁」。經妻子繳納罰金，獲釋回到家中。「圍爐」（即「吃年夜飯」）之後，得參已抱著「最後的覺悟」，他上街殺了「夜巡的警吏」，然後自殺了。這一切發生在「開正」前後。在作者的筆下，傳統的年俗因「煩惱」、「恐惶」、「羞辱」、「憤恨」而沉重不堪，這正是日據時代臺灣社會的一個縮影！

日據時代的臺灣小說採用大量的臺灣方言詞語，有的作者甚至抱了用方言來寫小說的態度；用日文寫作的作者也有意採用臺灣方言，他們的日文作品譯為中文後，也是方言詞語迭出。

方言詞語增添了小說的鄉土色彩，這是一個顯見的事實。另一個事實是，某些方言詞語所包含的民俗義項增強了小說的表現力。

這裡也舉幾個實例來說明。

其一，村老的《斷水之後》（1931）裡有一句罵人的話「幹恁開基外祖」。什麼叫「開基外祖」呢？在歷史上，臺灣社會是一個移民社會。移民的艱難和單身移民的比例使得招贅婚成了臺灣移民社會裡常見的婚姻形式。招贅婚在臺灣可分為招入婚（隨妻居）和招入娶出婚（婚後一段時間，贅夫攜妻返回本家居住）。招贅婚的子女或隨父姓，或隨母姓，或按約定比例隨父姓和隨母姓（臺灣俗稱「抽豬母稅」）。「例如曾女招陳某為贅夫，生下兒子二人，一姓曾，一姓陳，在未分家前，廳堂上同時供奉曾陳二家之祖先牌位，曾氏牌位在右，表示是主系祖先，陳氏牌位在左，表示是外系祖先；但是當父母過世後，兩兄弟分家，他們隨即把祖先牌位分別『填寫』一份遷出，各自供奉於自己的廳堂上，不同之處，只是在曾姓家牌位排列如原來廳堂的位置，陳姓兄弟家牌位，則位置互換，陳氏牌位為主放置右側，曾氏牌位為副改置左側」[32]，「外系祖先」即所謂「外祖」。「幹恁開基外祖」在臺灣是一句流行的粗話，除了「操你祖宗」的意思外，還有用「招贅婚」來辱沒、貶低他人的用心。

其二，一吼的《旋風》（1936）描寫一群饑餓的兒童時用了「搶孤」一詞：

> 搶孤也似的一群襤褸的兒童，堆著滿臉可憐相，尖銳的眼光突然發現一條番薯根，就不顧利害的搶前去摘取。

「搶孤」是臺灣特有的民俗活動，也是臺灣的方言俚語。吳子光《一肚皮集》有關於「搶孤」的描述和解釋，略謂：

> （中元）夜漏三鼓，焚冥帛送神。將徹，惡少年三五成群，奮臂奪神餕以去，稍拂之，則努目視人，無敢攖其鋒者，謂之搶孤。

《旋風》採用「搶孤」一詞，很好地表現了群童的饑、慌。

其三，「舍」是臺灣方言（閩台方言）特有的敬稱詞。在臺灣方言裡，「舍」是對富家、世家子弟的稱謂。日據時期許多小說使用了「舍」這一稱謂，如賴和《鬥鬧熱》（1926）裡的「醉舍」和《善訟人的故事》（1934）裡的「志舍」，劍濤《阿牛的苦

---

32 李亦園：《文化的圖像》（上冊）第 252—253 頁，臺北允晨文化實業股份有限公司 1992 年版。

難》裡的「豬哥舍」，呂赫若《財子壽》（1942）裡的「海文舍」、「九舍娘」和《闔家平安》（1943）裡的「范老舍」等，筆力省簡地表明小說人物的身分（富家、世家子弟或破落戶子弟）和對小說人物的感情認指（敬畏、憎恨、嘲弄等）。

《光復前臺灣文學全集》所收臺灣小說對於日據當局「同化主義」和「奴化主義」政策是一項集體的抗議。日據後期的臺灣小說真實地表達和表現出日據時期臺灣人民堅守傳統的民俗習慣、語言習慣的情志和情形。

三、

臺灣光復後的 15 年間（1945—1960），臺灣文壇的采風之風持續保持頹勢。日據時期眾多的臺灣作家對於采寫臺灣民俗、臺灣方言的共同興趣幾乎完全消失。從作家的動態看，當時的臺灣文壇有一個值得注意的現象：《光復前臺灣文學全集》裡的小說作者有相當一部分停止了寫作；光復以後，尤其是 1949 年到臺灣的作家裡也很少有人表現出「下車觀風」、「入境問俗」的雅興，以「軍中作家」為例，這批寫作力旺盛的作家到台以後即熱衷於「戰鬥文學」和「反共文學」的寫作，隨後所傾心的「鄉愁」文學也不關臺灣鄉土；「戰後臺灣第一代作家」中的鍾肇政等及「戰後臺灣第二代作家」楊青矗、王禎和等是在 1960 年以後才活躍在臺灣文壇，擔負起重振采風之風的使命的。造成這一現象的主要原因有兩項：

其一，政治的干預。葉石濤描述當時的情況說：

> 文學只是執法者統治下的工具。作家必須依附權力機構才能苟延殘喘，同執政者的既得利益背道而馳的一切文學活動或歧異思想是執政者用盡手段要予以撲滅的對象。從「二·二八」到白色恐怖的五十年代，老一輩的臺灣作家，不但碰到語言障礙的銅牆鐵壁，而且還面臨了更無奈的吃飯問題。[33]

文學極端政治化的強制實施，對作家人身自由和創作自由的扼制和扼殺，實際上取消了文學同民俗、方言密切結合的關係：在「戰鬥文學」、「反共文學」高倡和普及的情況下，作家們難得有採風問俗的餘力和餘地，採風問俗的文學作品亦難得有尋隙而起的時間和空間。

其二，語言的障礙。日據時期用日文寫作的臺灣作家在轉為用中文寫作之前有學習國語（普通話）的任務（楊逵在《我的小先生》一文裡就追述了他在光復初期向七歲的小女兒學習國語的情形），新進的臺灣籍作家（所謂「戰後第一代臺灣作家」）也有許多人須得克服語言上的障礙。鍾肇政回憶說：

> 我滿二十歲那年，戰爭結束，臺灣光復，從此積極做放棄讀慣寫慣講慣的日文的準備，並和大家一樣，瘋狂地投入中文的學習，其中經過，今日五十幾六十歲以上的人，多半耳熟能詳且曾身歷其境，也就不必細表。
>
> 進入 1960 年代，以筆者自身經驗而言，從「人之初，性

[33] 葉石濤：《臺灣文學的悲情》，第 15 頁，臺灣派色文化出版社 1991 年版。

本善」，而ㄅㄆㄇㄈ等等，辛勤學習，已過五、六年歲月，自覺略有心得，便漸漸萌生了用中文來表達的意念，尤其筆者志在文學創作，用中文寫作便也成為頗為熱切的期望。起始，用日文思考、起草，然後自譯為中文；繼而，思考仍用日文，日文句子既成形，即在腦中譯為中文，免去寫下日文草稿的手續。這也是像我這種今日在臺灣文學史上習稱為「戰後第一代臺灣作家」所共通的學習經過，亦早已是周知的事蹟，而在這中間，筆者有一感觸，簡言之，即：寫作在我是一項「翻譯」的工作[34]。

鍾肇政的父親是客家人，母親卻是福佬人（閩南人），親戚裡福、客參半，所以鍾肇政在入學前僅使用福佬語（閩南話）和客語（客家話）；七歲時入公學校（日據時期專為臺灣學生設立的學校，為日據當局推行「差別教育」的產物[35]）後，「即被迫學習日語」，「到了進中學時校內日常所用語言已全部是日語，迨至中學時代，讀寫不用說，連思考也全是日文」。「寫作即翻譯」一語很好地說明了語言障礙的問題。

經過作家們的抵制和努力，進入六十年代以後政治對文學的干預略有收斂，語言障礙亦漸次消除，加上臺灣經濟發展對臺灣社會生活的影響，臺灣文壇的采風之風乃重得傳佈，迄今不衰。

六十年代以來採風問俗的文學作品略可分為兩類。一類繼續描述日據時期臺灣人民堅守傳統的民俗習慣和語言習慣的情志

---

34 鍾肇政：《創作即翻譯》，載《聯合報》1991 年 8 月 20 日。

35 呂良弼、汪毅夫：《臺灣文化概觀》，第 134 頁。

和情形，這是對日據時期臺灣小說的追求和發展；另一類則描述臺灣現實社會裡廣泛而頻繁的民俗活動。

六十年代以來眾多的臺灣作家對民俗活動的看重乃是基於這一項共識：傳統的民俗活動（小傳統）至少也與儒家（大傳統）一樣重要。臺灣作家奚淞指出：中華文化傳統既包含著「大傳統」（數千年的正統經書教育），也包含著「小傳統」（民俗教育）。「以小傳統教育而言，透過四時節令風俗、口耳相傳的故事、宗教信仰模式、地方戲曲、民俗藝術甚至包括語言本身，都使歷史、人倫教育無孔不入地滲透民間直至底層。這份教育使最荒僻所在，目不識丁的文盲，也沾濡一分文化芬芳，具備中國人特有的氣質和風度」，這也是「中國歷經外族入侵，而畢竟文化道統不斷，形成人類史中以單一文字語言維續的最悠久文化」的重要因素[36]。這一觀點在臺灣曾得文化人類學家李亦園的論述在學術界有「李氏假設」之名[37]。

肖郎的《上白礁》裡有臺灣民間土地公崇拜、有應公崇拜（孤魂野鬼崇拜）的細節：

> 伊到了那間破瓦殘垣的土地公廟前，伊看著慈祥和藹展露笑容的土地公頭頂上的壁畫，二條龍相向吐珠飛騰在繚繞雲朵的上面。伊流覽陪伴在土地公身旁的那尊土地婆就覺得好笑，祥仔、貴仔、阿根三個扛轎的說土地公沒有老婆

---

36 奚淞：《江山共老》。

37 李亦園：《文化的圖像》（下冊）第 133 頁，臺北允晨文化實業股份有限公司 1992 年版。

> 一定很寂寞，三人在前些日子就出錢造了那尊土地婆奉祀。啼祥還說土地婆是轎夫的主母，是轎夫的職業神。記得那天竹林講古時說，土地婆是不坐轎不出門的，土地婆又怕人人有了錢，無人再替伊扛轎，所以對土地公所倡的皆富均富論就大唱反調。水藤仔憶起的話就又想起：
> ——難怪田頭田尾都是土地公，就是少個土地婆。
> ——難怪竹篙厝的人不喜歡奉祀這個雞腸鳥肚的女人。

> 月光如水銀瀉了滿地。家家戶戶門口埕上的竹竿吊著的燈籠，閃閃爍爍的照得滿天紅，招魂的銅鈴到處叮噹響起。
> ——孤魂亡鬼，結伴而來，你們飫（餓）得太久了。
> ——孤魂亡鬼，來饗呀！殘羹烹製的美味。

通過這些細節表現了臺灣人民要求均貧富的善良願望和顧恤及於孤魂野鬼的善良風俗。小說更通過大道公祭典的情節展示了臺灣人民眷念祖地祖廟的情懷、反抗日本侵略者的大無畏精神以及日據當局對臺灣民間傳統民俗活動的壓制、對臺灣人民武裝反抗的鎮壓。

鍾肇政的《中元的構圖》等也有意反映日據時期臺灣人民對傳統民俗活動的置重。如《中元的構圖》寫道：

> 二十八年前，那些愚昧而睿智的民族的小民們為了舉行最後一次放水燈不惜大大地花費了一筆……他們並不光是為了爭一口氣，主要還是因為官方已放出空氣，明年起為

> 了遂行聖戰，一億皇民都要總崛起，這樣的大拜拜不宜再舉辦了，而且還說是迷信，是大日本帝國臣民所不應該有的現象，於是他們就不得不來個燈牌比賽了。果然沒錯，次年起中元祭典就停辦了，而且一停就是七年，直到那些禁住他們的狗仔們統統滾回日本去了，才又恢復過來。

鍾肇政的《臺灣人三部曲》也強調民俗活動「最重要的是拜天公，祭告祖先」。

六十年代以來採風問俗的文學作品更多的是在表現臺灣社會生活裡因了經濟的發展而發展的隨處可見、隨在有聞的民俗活動，並表現作者對於這一現象的褒、貶、喜、憂。楊青矗的《死之經驗》寫了臺灣現代社會裡發生的「冥婚」的怪事：

> 結婚時，先去娶珍琴的神主，和她那一尊紙糊的新娘，再娶素綾來，三個「人」一起拜堂。重婚！重婚！報紙上報導的娶鬼妻是多麼荒謬，而自己在道義上卻不能不娶一尊柴頭仔！
>
> 素綾雖然不高興，前輩交代的，也一一照做，訂婚前就明講的：死者為大，要尊她為姊，當新娘時做什麼都要先叫她一聲。
>
> 「珍琴姊，進房！」白紗曳地的素綾羞澀地叫，宛若珍琴的幽靈隨在她後面。
>
> 「珍琴姊，睡覺啦！」這一聲使人有割裂的感覺，蒙住被偷偷擦淚，洞房整夜空度。
>
> 「珍琴姊，起床啦！」第二天先上珍琴家歸寧省親，第三

天才歸自己家的寧。

他的《官煞混雜》則近於繁瑣地寫「批八字」的詳細過程和臺灣現代社會裡依照「八字」來「合婚」的常見事例。作者譴責和諷刺了「冥婚」和「合婚」之怪現狀。

王禎和、王拓乃至王湘琦、蔡秀女、張大春等眾多臺灣作家的小說也有關於臺灣民俗事象的描寫。

有的作家並且用詩和散文來表現臺灣的民俗活動。詩如羊子的《元宵》、《三日節》和《五月節》。其《三月節》詩曰：

> 三月初三才吃春捲／不知為何不在清明？我問吾鄉父老／原來錯就錯在那次泉州械鬥／自從福建過臺灣／這個風俗依舊
> 同樣是掃墓／一樣是吃春捲／械鬥之後，贏的前，輸的在後／從此祖籍泉州漳州涇渭分明／現在我們吃春捲總是較後／是不是恩怨依舊？

散文則有方瑜的《過年，在鄉間》、阿盛的《稻草流年》、《乞食寮舊事》和《契父上帝爺》、劉還月的《瘟神傳奇》等多種佳作。

六十年代來採風問俗的文學作品也採用了大量臺灣方言詞語。這裡有幾個問題引起了我的思考。

其一，文學作品裡方言詞語的記錄問題。李昂的《暗夜》有「看過幾次後小黃承德說給阿媽聽，因為竹床的嘰嘰喳喳的響十分有趣，沒想到阿媽拿著掃把打阿母」之語（日據時期楊朝枝的小說《有一天》裡也有「是你的阿母嗎？」「不是，是我的阿媽」

等語），在閩南方言裡，「阿媽」不同於「阿母」，「阿媽」指的是祖母，「阿母」指的是母親，這是很明確的。但是，閩南方言區以外的讀者卻要感到為難：「媽媽」打「母親」（或者「媽媽」不是「母親」）究竟是什麼回事呢？汪笨湖的《草地狀元》裡則有「伊娶來的兄弟」的話，這又是什麼意思呢？原來，在閩南方言裡，帶來和娶來是完全同音的，「伊娶來的兄弟」即「他帶來的兄弟」之意。

日據時期臺灣著名學者連橫認為「臺灣之語，無一語無字，則無一字無來歷」，他反對在記錄臺灣方言詞語時「隨便亂書」（即隨意使用同音替代字）而主張「整理鄉土語言」（即就臺灣方言詞語一一稽考以知其「出處」或「來歷」）[38]。楊青矗的小說所用方言詞語多有「出處」，如「𡳞脬」《字彙》：𡳞，良慎切，音吝，閩人謂陰也）、「𤞚人病院」（𤞚，《廣韻》：相邀切。《集韻》：思邀切，音宵。《玉篇》：𤞚，狂病），等等，表現出審慎認真的態度。然而，也有人對此提出異議：

> （楊青矗小說裡的）方言字句，有些一看就懂，有些就是連會台語的臺灣人也看不懂。那麼，以台語寫成的方言文學，而懂台語的臺灣人卻看不懂，必須藉字典，而且這些字並非一般字典可以查到，甚至《辭海》都沒法查出。因此這些方言字句形成瞭解作品的最大障礙。

他主張：

38 連橫：《雅言》。

> 方言的使用，要在不過於艱澀、不全篇濫用、不自製怪字的原則下，去選擇運用。以最淺顯並為大多數人皆懂的方言，化入作品之中，如此方言變成不是作品中的障礙，而是文學語言的新生命、新血液，因為它能增加文學的「真」，並且強化語言的鮮活性。[39]

這是一項兼具合理性和可行性的意見。

鍾肇政近年的經驗也可供借鑒：

> 筆者近作長篇小說《怒濤》刻在連載之中，文中時代背景因系戰後初期，故而為了「求真」，除了行文仍沿用習常用的國語系統文章外，其中對白亦悉數存真，說日語者以日語出之，福語客語亦以原音下筆，每句道白並附加翻譯。

其二，文學作品使用方言的利弊問題。王禎和在《永恆的尋求》（《人生歌王‧代序》）一文中說：

> ……民間語言的生動活潑，民間語言想像力的豐富，組合力的精妙，大大令我驚奇感動……也從那時起，我大量地運用方言，想把這快失去的珍寶，保留一點下來。

王禎和獲得了成功，方言詞語的使用為他的作品增色不少。然而，文學作品使用方言總是利弊相生的。連橫早已明確斷言：

---

[39] 黃武忠：《小說的方言使用》。引自《鹽分地帶文學選》第 537 頁、第 543 頁，臺北林白出版社有限公司 1979 年版。

「以臺灣語而為小說，臺灣人諒亦能知，但恐行之不遠耳」[40]。「舍」、「開基外祖」、「搶孤」一類方言詞語所包含的民俗義項不經闡釋，一般讀者是無法瞭解的，採用「隨文附注」之法雖可克服這一弊端，但讀者欣賞文本的興致往往被閱讀注文的無奈排遣一空。看來，方言詞語雖好不宜多，這是作者和讀者之間應該達成的共識。

此外，我覺得還有兩個問題應當引起關注。

其一，常見於臺灣現代社會生活和臺灣文學作品的某些熱鬧而有趣的民俗實際上屬於陋俗（如「王爺祭」表現了可鄙的嫁禍於人的意念），這些陋俗近年來頗有蔓延、滋長之勢，作家應當將自己的作品當做試管，從試管裡觀察描述，卻不使蔓延、滋長。

其二，某些採風問俗的文學作品具有媚俗傾向，如專擇粗俗的方言詞語敷衍成詩（所謂「台語詩」，有的味同日據時代的《烏貓烏狗歌》、詳記迷信活動的細節以迎合信民信徒的需要等）。這種媚俗傾向發展至極，將是臺灣文壇的采風之風再次墮入末路的原因之一。

---

40 連橫：《雅言》。

中日文化地位的逆轉與日本漢文學在臺灣的延伸

汪向榮教授在《中日文化地位的逆轉》一文裡描述了中日文化地位在近代史上發生的逆轉，略謂：

> 向來被中國人目為蕞爾小邦的日本，竟遠遠的走在中國面前，一舉而戰勝了老大帝國，再舉而擊敗當時誇稱世界列強之一的沙俄。這時候才使保守、頑固的中國統治者大吃一驚。中國，儘管有優秀的文化傳統，地大物博等的自然條件，但在近代文化面前，這些特惠起不了大作用，日本反而走在中國前面，使中國在近代化過程中，不得不轉向日本來學習、吸收了。[1]

[1] 汪向榮：《日本教習》，三聯書店 1988 年版，第 28—29 頁。

這是一個不爭的歷史事實。

在我看來，文化地位的提升並不等於文化品質或文化水準的提升。中日文化地位在 1984 年以後發生的逆轉，究其主要原因，並不是日本的文化品質或文化水準提升了的緣故，而是強權政治的勢力使然。

日本學者緒方惟精在《日本漢文學史》(1961) 一書裡寫道：

> ……甲午一役，日本戰勝了老大國清朝，喪失了過去長時期間對中國文化所抱的尊敬之念，日本的漢文學便陡告衰退。[2]

日本的漢文學，從漢文傳入、漢學（其中包括漢文學）興起到「甲午一役」發生的 1894 年，已有 1600 餘年的歷史，但它卻因「甲午一役」而「陡告衰退」。日本的漢文學家和漢文學愛好者中的許多人，因日本強權政治的得勢而開始用居高臨下的眼光來看待中國的文學乃至中國的文化，然而，這並不意味著日本漢文學品質或水準的提升。恰恰相反，日本漢文學在日本本土呈現「衰退」之勢，其向臺灣延伸的部分則從另一面說明和證明：受日本強權政治的勢力裹挾的日本漢文學，也終於不敵中國文學乃至中國文化的魅力。

一、

日據時期，侵台日吏中的日本漢文學家和漢文學愛好者森鷗

[2] 緒方維精：《日本漢文學史》，臺北正中書局譯本 1969 年版，第 213 頁。

外、橫川唐陽、森槐南、水野大陸、土香居國、磯貝蜃城、村上淡堂、館森袖海、籾山衣洲、中村櫻溪、加藤雪窗、櫻井兒山、山口東軒、小泉盜泉、白井如海、伊藤天民、澤穀星橋、中瀨溫嶽、湯目北水、草場金台、宮崎來城、尾崎白水、高木如石、磯田松雨、尾崎古村、木下大東、豬口安喜、小泉政以、赤松偕一郎、高木保吉、白井新太郎、吉川由鶴、村上先、西口敬之、吉田平吾、小松吉久、大西笠峰等百數十人先後到台。歷任侵台日吏首腦（「臺灣總督府總督」）中也有乃木希典、兒玉源太郎、田健次郎、內田嘉吉、上山滿之進等人愛好漢文學。

日人在臺灣的漢文學活動包括個人創作和集體活動。

從個人創作來說，成就最高、聲名最著者當推館森袖海、籾山衣洲、中村櫻溪、土香居國、加藤雪窗諸人。

館森袖海系日本仙台人，1895 年至 1917 年居留臺灣。著作有《拙存園叢稿》，收詩及序、記、論說、志傳、題跋、書贊、碑銘各體文。嘗試各種文體的寫作，是館森袖海個人寫作的一個特點。館森袖海的詩有清新可讀之作，如《平頂彩霞》詩云：

> 萬家紅樹帶江流，斷雨斜陽一片秋。平頂雲晴山似染，落霞孤鶩水明樓。

亦有平淡無奇、不足稱道之作如《觀池大雅畫山水圖》等。

籾山衣洲，又名逸也。1898 年至 1904 年居留臺灣，曾任《臺灣日日新報》社漢文主筆，並曾參與「臺灣總督」兒玉源太郎主持的「南菜園唱和」、「揚文會」等活動的事務。籾山衣洲同臺灣詩人過從甚密，多次參加臺灣詩人的集體創作活動。王松《台陽詩話》記：

> 籾山衣洲（逸也），東京人也。性耽詩灑，為日本有名之漢學家。來台，督府延為上客，囑主報政。有《鬢絲懺話》一卷行世。

籾山衣洲的詩作，在當時曾受王松等臺灣詩人的好評。

中村櫻溪，東京人。1897 年到台，任職於「臺灣總督府國語學校」。著作有《涉濤集》、《涉濤續集》。中村櫻溪在台期間積極參加各種文學活動，其《答客問》、《玉山吟社會宴記》、《上兒玉總督乞留籾山逸也書》等文體現了中村櫻溪的創作水準，又記錄了文人文壇的若干情況，歷來受到文學史家的注意。

土香居國，又名香國花史。1895 年到台，任「臺灣總督府陸軍局郵便局局長」。著有《征台集》，其自序云「雖無劍影炮火之壯烈，亦可以見晴日雨夜之甘辛」。王松《台陽詩話》記：

> 土居香國（通豫）有才幹，歷掌郵務，敏以處事，好吟詠，所到有詩。在台曾設玉山吟社，騷人墨客，樂與之交。

加藤雪窗，又名重任，日本常州人。1895 年到台，1904 年病歿於臺北。在台期間，曾發起組織玉山吟社。著作有《雪窗遺稿》，收有漢詩五百首。其《重陽與桃園諸紳士賦》詩云：

> 冷雨荒煙滯異鄉，一年佳節又重陽。白頭未作歸田計，孤負東籬晚節香。

其《竹林啼鶯》詩云：

春寒料峭透簾帷，煙竹深深欲曉遲。殘月半窗人未起，帶將宿夢聽黃鸝。

加藤雪窗的漢詩已具有一定的表現力和感染力。

日本漢文學家和漢文學愛好者在臺灣的集體活動主要有結社和聯吟兩項。

據臺灣學者郭水潭《日僑與漢詩》[3]一文報告，日人在臺灣組織的詩社有玉山吟社、淡社、穆如吟社和南雅社。

玉山吟社創立於 1897 年，加藤雪窗、水野大陸、土香居國、伊藤天民、白井如海、磯貝蜃城、村上淡台、岡木韋庵、石川柳城、木下大東、館森袖海、中村櫻溪及部分臺灣詩人先後入社為社友。

玉山詩社成立後，館森袖海、小泉盜泉曾與部分臺灣詩人組織淡社。

其後，又有籾山衣洲、兒玉源太郎、後藤棲霞、館森袖海、內藤湖南、鈴木釣軒、中村櫻溪、小泉盜泉等結穆如吟社。該社有作品總集《穆如吟社集》刊行。

南雅社成立於 1931 年，四年後宣告解散。成員有久保天隨、尾崎古邨、西川萱南、山口東軒、豬口鳳庵、大西笠峰、小松天籟、三屋清蔭等及臺灣詩人魏潤庵。該社每年出作品總集一卷，共出四卷。

日人在臺灣的聯吟活動，除各詩社的集體創作外，還曾舉行「詩吟大會」，如第四任「臺灣總督」兒玉源太郎曾發起「南菜

3 《臺北文物》第四卷第四期，1956 年 2 月。

園唱和」、第八任「臺灣總督」田健次郎曾發起「大雅唱和」、第九任「臺灣總督」內田嘉吉曾發起「新年言志唱和」及「臺灣詩社大會」、第十一任「臺灣總督」上山滿之進曾發起「東閣唱和」、「民政長官」後藤新平曾發起「烏松閣唱和」、「臺北知事」井上淡堂曾發起「江頻軒唱和」等。歷次「詩吟大會」各有《南菜園唱和集》、《大雅唱和集》、《新年言志》、《東閣唱和集》、《烏松閣唱和集》和《江頻軒唱和集》等作品總集刊行。

部分日本漢文學家和漢文學愛好者並且經常參加臺灣詩人發起的集體創作活動。

二、

我在上文描述了日本漢文學在臺灣延伸的大致情況。現在來談論若干相關的問題。

其一，日本漢文學在臺灣的延伸乃出於強權政治勢力的裹挾，在其初始階段並且受到臺灣日據當局文化籠絡政策的鼓勵。

我們應該注意到，日人在臺灣的漢文學活動往往有意吸引臺灣詩人參加：日人發起的各詩社和各項集體活動，幾乎都有臺灣詩人與焉。這一情況反映了日人漢文學活動的政治動機。

中村櫻溪《上兒玉總督乞留紉山逸也書》謂：

> 漢土自古推崇文辭，臺灣人士素襲其餘習，故文辭不美不足以服其心。竊惟臺灣日日新報館員紉山逸也，蒙閣下之知遇，在台疆六閱年，握毫摻簡，在論記事，贊襄政化，頌揚德政者，不一而足。嘗陪南行之轅，參揚文之會，為

台疆人士所推服，其冥功陰績，非尋常百執事之倫也。

這裡露骨地強調了日人漢文學活動的政治動機和政治效應。其《玉山吟社會宴記》則記：

> ……彼我相望，新舊不間，人人既醉，不復知為天涯千里之客矣；而斯土人士亦忘其為新版圖之民也。嗟夫，五聲相和而成樂，五彩相雜而成文，五味相調而其饌乃美，異域殊鄉之人相合而其歡更洽，則其發於詞賦者，欲不佳得耶？以此謳歌聖世，黼黻太平，宣揚南瀛文化者，蓋不鮮尠。然則吟社之設，豈其徒爾？

這裡更加露骨地強調了日人漢文學活動的政治動機和政治效應。水野大陸在玉山吟社詩酒之會的詩句「休說匪氛難一掃，從來王道在懷柔」則暴露了日本漢文學家服膺和服務於臺灣日據當局文化籠絡政策的態度。

其二，日據時期，臺灣日據當局的文化政策經歷了從籠絡政策、限制政策到扼制政策的調整過程。日人在臺灣的漢文學活動，或者說日本漢文學在臺灣的延伸最初受到了臺灣日據當局文化籠絡政策的鼓勵，屬於執行文化籠絡政策的行為，當臺灣日據當局不再採取文化上的籠絡政策，開始限制並進而扼制中國文學乃至中國文化，日本的漢文學卻因感受了中國文學乃至中國文化的魅力而繼續延伸。它在客觀上延長了文化籠絡政策的時效，為臺灣詩人文學活動的公開化和合法化、為臺灣文學的全面復甦提供了一定程度的保護作用，這是日人始料未及的。日據時期臺灣文學的復甦是以 1902 年台中櫟社公開恢復活動為起點的，其時乃在日據當局採取文化限制政策的 1900 年以後。另一方面，它又在客觀上延續了日人對於中國文學乃至中國文化的「尊敬之念」。眾多的日本漢文學家和漢文學愛好者共同傾心於漢詩漢文的學習和寫作。這在主觀上有政治的動機，客觀上反映的卻是對中國文學乃至中國文化固有地位的認同。

其三，日人在臺灣的漢文學活動屬於日本漢文學的範疇。我在《臺灣文學史・近代文學編》（海峽文藝出版社 1991 年版）中指出：王松的《台陽詩話》（1905）「夾論侵台日吏中的漢文學家兒玉源太郎、紉山衣洲、土香居國、水野大路等人之詩則有不倫不類之嫌。日人之詩屬於日本漢文學的範疇，本來應在《台陽詩話》的話題之外」；又在《臺灣社會與文化》（海峽文藝出版社 1994 年版）一書裡批評廖雪蘭《臺灣詩史》（1989）說：「日據時期，侵台日吏中的漢文學家和漢文學愛好者在臺灣創作的漢詩屬於日本漢文學在日本本土以外的延伸，其創作盛況可以改正日本《漢文學史》（緒方惟精著）中關於『甲午一役，日本戰勝了老大國清朝，喪失了過去長時間日本人對中國文化所抱的尊敬之念，日本的漢文學便陡告衰退』的結論。但是，侵台日吏中的漢文學家和漢文學愛好者在臺灣屬於依照不平等條約入侵的非法居住者，他們在臺灣的漢文學活動不屬於臺灣文學的範疇。《臺灣詩史》稱非法入侵者為僑民，專節論列侵台日吏中的漢文學家和漢文學愛好者，表現了史識上的嚴重模糊。」

同《台陽詩話》（1905）和《臺灣詩史》（1989）二書相比，連橫《臺灣詩乘》（1920）不給侵台日吏中的漢文學家和漢文學愛好者一席之地，不愧史學家的風範。

其四，從藝術上看，侵台日吏中的漢文學家館森袖海、籾山衣洲、中村櫻溪、土香居國、加藤雪窗諸人作品已達到相當的水準。但是，舉其最佳作品，亦不過可讀而無可傳、有佳句而無完篇之屬。眾多的日本漢文學愛好者則處於學習遣詞造句的階段。廖雪蘭《臺灣詩史》謂：

> 日據之初，正好日本明治維新之後期，但是日人對於漢學，仍有相當基礎。據台初期，百政伊始，著手建設，一時人才輩到，其中文人墨客亦多參與。而政府官員以及社會人士，多能詩文，其詩不在省籍人士之下。

別的旁置不論，謂日人詩「不在省籍人士之下」實在是言過其實的溢美之論。日據時期臺灣詩人林癡仙、王松、連橫、洪棄生、胡南溟、林南強等人的作品同日人的漢文學作品相較，顯然有虎狗之差、上下床之別。在日據時期的臺灣，中國文學的品質、水準和地位仍然在日本漢文學之上。

語言的轉換與文學的進程
——關於臺灣現代文學的一種解說

臺灣現代文學（包括現代時段的臺灣新文學）及其歷史的研究始於臺灣光復初期、亦即臺灣現代文學史的最後階段（1945—1948）。在此一研究領域，臺灣學者王錦江（詩琅）的《臺灣新文學運動史料》（1947）[1]乃是最早、亦是最好的論文之一。王錦江此文留意及於臺灣現代作家的寫作用語、留意及於臺灣現代文學在日據時期發生的「一種特別的、用中文和日文表現的現象」。

於今視之，王錦江當年留意的問題似乎很少受到留意，由此而有弊端多多。例如，有臺灣現代文學史論著對臺灣現代作家吳濁流的文言作品完全未予採認，對其日語作品，則一概將譯文當做原作、將譯者的國語（白話）譯文當做作者的國語（白話）作

[1] 載臺灣《新生報》1947年7月2日。

品來解讀。我們可以就此設問和設想，假若臺灣現代文學作品在寫作用語上的採認標準是國語（白話），文言不是國語（白話），文言作品固當不予採認；但日語也不是國語（白話），日語作品為什麼得到採認？假若日語作品的譯者也如吾閩先賢嚴復、林紓一般將原作譯為文言而不是國語（白話），論者又將如何措置？另有語言學研究論文亦將吳濁流作品之譯文當作原作，從 1971 年的國語（白話）譯文裡取證說明作品作年（1948）之語言現象。

本文擬從語言與文學的關係來考量臺灣現代文學的分野、臺灣現代文學史的分期、臺灣現代文學作品的分類，以及臺灣現代作家創、譯用語問題的分析。

一、

關於臺灣現代文學和臺灣新文學的「發軔」或「發端」，論者多鎖定於「反對文言文，提倡白話文」，相關著述亦往往以「從文言文到白話文」作為臺灣現代文學史和臺灣新文學史的「第一章」或「第一節」。

這裡有三個問題應當首先澄清和說明。

（一）「臺灣現代文學」不是「臺灣新文學」的同義語

「臺灣現代文學」乃同「臺灣古代文學」、「臺灣近代文學」和「臺灣當代文學」並舉，而「臺灣新文學」則與「臺灣舊文學」對舉。與此相應，臺灣現代文學作品包括了文言作品、國語（白話）作品和日語作品等，而臺灣新文學作品首先就排除了文言作品。

(二)「反對文言文，提倡白話文」的實行與「從文言文到白話文」的實現乃是同一個過程而不是同一回事

「反對文言文，提倡白話文」之議的首倡者胡適曾經記憶道：

> 當我在 1916 年開始策動這項運動時，我想總得有二十五年至三十年的長期鬥爭（才會有相當結果）；它成熟的如此之快，倒是我意料之外的。我們只用了四年時間，要在學校內以白話文代替文言，幾乎完全成功了。在民國九年（1920），北京政府教育部便正式通令全國，於是年秋季始業，所有國民小學中第一、二年級的教材，必須完全用白話文。
>
> 在 1919 年至 1920 年兩年之間，全國大、小學生刊物共約四百多種，全是用白話文寫的。[2]

應該毫不含糊地指出，胡適在這裡所記所憶的情形其實並不曾發生於 1916—1920 年間的臺灣。其時，臺灣淪於日本侵略者之手已經二十餘年。日據當局從據台之初就將「使台人迅速學習日本語」列入《對台教育方針》（1895），開始在臺灣強制推行日語、阻限漢語。臺灣的報刊幾乎都以日語版發行，報刊之「漢文欄」篇幅相當有限。日據當局企圖在臺灣學校和報刊實行的不是「以白話文代替文言」，而是用日語取代漢語。在臺灣，「反對文

---

[2] 唐德剛譯注：《胡適口述自傳》，第 163 頁，上海，華東師範大學出版社 1993 年版。

言文，提倡白話文」的始倡乃在 1920 年以後，它在臺灣光復以前只是部分地得到部分臺灣現代作家的回應，基於「保持漢文於一線」[3]的理念，部分臺灣現代作家學習和使用文言的活動不曾稍怠，文言一直是臺灣現代作家主要的寫作用語之一；「從文言文到白話文」則在臺灣光復初期（1945—1948）、在胡適 1916 年曾經預計的「三十年」屆滿之期才得「幾乎完全成功」。

（三）「從文言文到白話文」可以表述為「從文言到國語（白話）」

文言即古代漢語書面語；白話即國語（民國初年確定的國家共同語，[4]包括書面語和口頭語），如張我軍 1925 年在臺灣倡言「反對文言文，提倡白話文」時所稱「我們之所謂白話是指中國的國語」[5]，亦如葉榮鐘 1929 年向臺灣讀者介紹「中國新文學概觀」時所謂「民國九年十年（1920—1921），白話公然叫做國語了」[6]。

那麼，有什麼理由將「從文言文到白話文」，亦即從文言到

---

[3] 葉榮鐘：《日據下臺灣政治社會運動史》，下冊，第 619 頁，台中，晨星出版有限公司 2000 年版。

[4] 關於「國語」和「共同語」，周有光謂：「現代的共同語源出於古代，但不同於古代……共同語的名稱也經過演變。清末民初稱『國語』（國家共同語），五十年代稱『普通話』（漢民族共同語）。1982 年的憲法規定：『國家推廣全國通用的普通話』（全國共同語）。新加坡和海外華人稱『華語』（華人的共同語）。名稱不同，實質相同」。語見《當代中國的文字改革》，第 2 頁，北京，當代中國出版社 1995 年版。

[5] 張光正編：《張我軍全集》，第 56 頁，北京，台海出版社 2000 年版。

[6] 葉榮鐘：《葉榮鐘早期文集》，第 231 頁，台中，晨星出版有限公司 2000 年版。

國語（白話）的轉換作為臺灣現代文學起始的標誌，或者說，作為臺灣現代文學與臺灣近代文學分野的標誌呢？

在我看來，其合理性蓋在於：在臺灣文學史上，包括從文言到國語（白話）在內的語言轉換問題，乃是發生於臺灣現代文學時期的特殊問題，並且始終貫穿於臺灣現代文學的進程；在臺灣現代文學時期，國語（白話）是語言轉換的主要趨向和最終結局。因此，從文言到國語（白話）不僅是臺灣現代文學同臺灣近代文學、也是臺灣現代文學同臺灣當代文學分野的顯要標誌。

首先，從文學總體看，臺灣現代文學的全程乃是「一個文學或語言上的工具去替代另一個工具」[7]，即語言轉換的過程。從語言與文學的關係、從臺灣現代作家的寫作用語來研判，臺灣現代文學史大致可以分為三個階段：

從黃朝琴《漢文改革論》和黃呈聰《論普及白話文的新使命》在《臺灣》發表、《臺灣民報》創刊的 1923 年起，迄於《臺灣日日新報》、《臺灣新聞》、《台南新報》和《臺灣新民報》之「漢文版」被迫「廢止」的 1936 年 6 月為第一階段。在此一階段裡，文言作為傳統的寫作用語，從臺灣古代文學、臺灣近代文學承襲而來，又從臺灣近代文學時期興起的結社聯吟活動的慣性得力，於時間和空間上得以延續和普及；另一方面，由於大陸文學革命的影響及於臺灣，也由於黃朝琴、黃呈聰和張我軍一干人等的倡言推展，國語（白話）也成為臺灣現代作家一種時髦的寫作用語。另有部分臺灣現代作家已經養成了用日語寫作的能力，如葉榮鐘

7 唐德剛譯注：《胡適口述自傳》，第 142 頁。

《日據下臺灣政治社會運動史》所記:「能夠寫日文的固是濟濟多士」[8]。

從 1937 年 7 月中國抗日戰爭爆發至 1945 年 10 月臺灣光復為第二階段。在本階段,日據當局全面取締報刊之漢文版、漢文欄和學校之漢語教學,用國語(白話)寫作的臺灣現代作家基本上失去了發表作品的空間,用文言寫作的臺灣現代作家卻由於日據當局並未取締詩社而有乘隙活動的餘地,文言和日語乃是臺灣現代作家僅有的兩個選項。

臺灣光復初期(1945—1948)為臺灣現代文學的最後階段。在這最後階段裡,隨著國語推行運動的推展,臺灣民眾的國語普及率大幅提升,學校的教材,坊間的書報改用了國語(白話)。用日語寫作的作家幾乎都停止了寫作,文言作品的作者和讀者也一時間失去了熱情,國語(白話)終於取代文言、取代日語成為臺灣現代作家的首選。

總而言之,臺灣現代作家的寫作用語從第一階段的文言加上國語(白話)和日語,到第二階段的文言和日語,再到第三階段的完全採用國語(白話),恰是一個起承轉合的過程,從起到合又恰是一個從文言到國語(白話)的轉換過程。

其次,就作家群體而言,除了洪棄生(1867—1929)、王松(1866—1930)和連橫(1878—1936)等老作家堅持用文言寫作而不移易,使用不同寫作用語的臺灣現代作家在其文學活動中經歷了各不相同的語言的轉換。

---

[8] 葉榮鐘:《日據下臺灣政治社會運動史》,下冊,第 619 頁,台中,晨星出版有限公司 2000 年版。

茲舉例言之。

（一）從用方言寫作到兼用國語（白話）寫作

台南南社社友謝星樓（1887—1938）和黃茂笙（1885—1947）終生未放棄用文言寫作。1923 年 7 月，謝星樓在《臺灣》發表被譽為「相當優秀的小說」[9]和「現代小說的萌芽」[10]的國語（白話）小說《犬羊禍》（同年 8 月，《犬羊禍》又在《臺灣民報》重刊）。黃茂笙的劇作「共有《誰之錯》、《破滅的危機》、《暗明夜燈》、《復活的玫瑰》、《人格問題》等」，其中《破滅的危機》「語言介於文言與白話之間，未完全口語化」。[11]

賴和（1894—1943）、陳虛谷（1891—1965）和楊守愚（1905—1959）均是彰化應社的社友，長於用文言寫作，賴和並且是「在臺灣的舊詩壇嶄然露頭角，成為應社的一員大將」[12]的人物。他們用文言寫作，也用國語（白話）寫作；用國語（白話）寫作新詩，也用國語（白話）寫作小說。

（二）從用文言起草到用國語（白話）和方言定稿

在臺灣「第一個把白話文的真正價值具體地提示到大眾之

---

[9] 葉石濤：《臺灣文學史綱》，第 33 頁，臺北，遠景出版社 1987 年版。

[10] 劉登翰等：《臺灣文學史》，上冊，第 373 頁，福州，海峽文藝出版社 1991 年版。

[11] 吳毓琪：《南社研究》，第 196—198 頁，台南市文化中心 1999 年版。

[12] 葉榮鐘：《臺灣人物群像》，第 286 頁，台中，晨星出版有限公司 2000 年版。

前」[13]的賴和，「每寫一篇作品，他總是先用文言文寫好，然後按照文言稿寫成白話文、再改成接近臺灣話的文章」[14]。顯然，賴和「每寫一篇作品」的過程就是一個從文言到國語（白話）的轉換過程。

（三）從用文言寫作到兼用日語寫作

吳濁流（1900—1976）早年參加苗粟詩社和大新詩社，一生寫作舊詩上千首。吳濁流頗看重自己的舊詩創作，生前留言以「詩人吳濁流先生葬此佳城」勒其墓碑。[15]1936年起，吳濁流用日語寫作《水月》、《泥沼裡的金鯉魚》和《亞細亞的孤兒》等小說名篇。戴國輝指出，吳濁流「雖然吟詠並書寫漢詩，但小說一概都用日文撰寫」[16]。

（四）從用文言寫作到兼用日語和國語（白話）寫作

葉榮鐘（1900—1978）的文學生涯是從用文言寫作舊詩開始的。「葉氏生長於文風鼎盛的鹿港，從小習古詩文，後來到台中霧峰跟隨林獻堂時加入『櫟社』，與林幼春成忘年交，從十八歲

---

[13] 守愚：《小說與懶雲》，收李南衡主編《賴和先生全集》，臺北，明潭出版社1979年版。

[14] 王錦江：《賴懶雲論》，收李南衡主編《賴和先生全集》。

[15] 鍾肇政：《鐵血詩人吳濁流》，轉引自黃重添等：《臺灣新文學概觀》，上冊，第50頁，廈門，鷺江出版社1991年版。

[16] 戴國輝：《葉榮鐘先生留給我們的淡泊與矜持》，引自葉榮鐘《少奇吟草》第29頁，台中，晨星出版有限公司2000年版。

到七十八歲去世時為止，前後六十年詩作不輟」[17]。葉榮鐘的「日文功力系不容被置疑的……但他的中文造詣不僅不差，甚至有過於北大校友洪炎秋和北師大畢業生張我軍等人」。[18]葉榮鐘在臺灣現代文學時期用文言寫作，也用日語和國語（白話）寫作。

（五）從方言俚語到文言詞語

連橫曾談論「以臺灣語而為小說」的問題。他認為：「臺灣之語，無一語無字，則無一字無來歷」，「其中顧多古義，又有古音、有正音、有變音、有轉音」，他舉出方言俚語中的「灶下八語」來證明「臺灣語」即閩南方言之「高尚典雅」[19]。基於這一判斷，他反對在使用方言俚語時「隨便亂書」即使用同音替代字或生造僻字，要求採用規範的古代漢語對應詞。

顯然，連橫主張的是從方言到文言的轉換。

總而觀之，嘗試用方言寫作的臺灣現代作家鮮有斬獲、亦終未形成群體。對「以臺灣語而為小說」頗為關注的連橫只看中許丙丁的《小封神》一篇。但是，在作品裡採用方言俚語在臺灣現代作家中乃是一種創作風氣。部分作家在採用方言俚語時，留意於取其對應的文言詞語。茲以賴和的小說名篇之篇名為證。賴和的《鬥鬧熱》（1926）和《一個同志的批信》（1935）裡的「鬥」、

---

17 洪銘水：《〈少奇吟草〉跨越世代的見證》，引自葉榮鐘《少奇吟草》，第42—43頁。

18 戴國輝：《葉榮鐘先生留給我們的淡泊與矜持》，引自葉榮鐘《少奇吟草》第29頁。

19 連橫：《雅言》，第2頁，臺灣省銀行1963年版。

「鬧熱」和「批」都是方言裡保存下來的古語。鬥，相接謂為鬥，李賀《梁台古意》:「台前鬥玉作蛟龍」；鬧熱，熱鬧也，白居易《雪中晏起偶詠所懷兼呈張常侍、韋庶子、皇甫郎中詩》:「紅塵鬧熱白雲冷」；鬥鬧熱，湊熱鬧也。批，古代指一種上傳下達的公文，在閩南方言裡指各種書信。

（六）從用日語寫作到用國語（白話）寫作

呂赫若（1914—1951）在臺灣光復前用日語寫作，並成為最重要的用日語寫作的臺灣現代作家之一。其日語名作有《牛車》、《暴風雨的故事》等 20 餘種。在臺灣光復初期，呂赫若改用國語（白話）寫作，有《故鄉的戰事一：改姓名》（1946）、《故鄉的戰事二：一個獎》（1946）、《月光光—光復以前》（1946）和《冬夜》（1947）等國語（白話）作品發表。

（七）從用方言思考到用日語和國語（白話）寫作

在臺灣光復前用日語寫作的臺灣現代作家，有相當部分運用日語的能力低於其方言的水準。葉榮鐘有與此相關的一番評估，略謂：

> 臺灣人在日本佔據的五十一年間，受盡欺凌壓迫，但是在日常生活上最感痛苦的仍然以喪失語言的自由為第一，因為不能自由運用日語（比較台語而言），未開言就有三分的敗北感，這是筆者身受的感覺，使人永難忘懷。若論筆者年輕時的日語能力，不但自信相當強，跟隨林獻堂先生屢次到東京去訪問日本政要，為他老人家做翻譯，頗受他

> 們的嘉獎，當筆者畢業由東京歸台時，所擔心的，就是返回故鄉能否用台語演講一事，以筆者這樣的日語能力，尚且會感覺三分的敗北感，其餘的不是可想而知嗎？[20]

這部分作家在改用國語（白話）寫作的初期，其運用國語（白話）的能力也往往低於方言的水準。因此，他們的寫作過程乃是一個從用方言思考到用日語和國語（白話）寫作的轉換過程，其作品也往往留有用方言思考的痕跡。

以呂赫若的作品為例。林至潔翻譯的、呂赫若的日語小說《財子壽》的中文譯文有「室內打掃的一塵不染，而且擺放了幾張待客用的『猿椅』」[21]之語。「猿椅」其實應譯為「交椅」，是一種有靠背和環行扶手的坐椅，亦稱「太師椅」。在閩南方言裡，「猴」與「交」近音，而猴的日語對應詞是「猿」。呂赫若在其日語作品裡留下了用方言思考的痕跡：他生造了「猿椅」一詞來對應閩南方言裡的「交椅」。呂赫若的國語（白話）作品也留有用方言思考的痕跡。如《冬夜》有「他是個某某公司的大財子」[22]之語，「財子」應為「財主」，在閩南方言裡，「財主」讀若「財子」，兩者是完全同音的。

當然，也有一些用日語寫作的臺灣現代作家「連思考都全是

---

[20] 葉榮鐘：《半壁齋隨筆》，下冊，第224頁，台中，晨星出版有限公司2000年版。

[21] 呂赫若著、林至潔譯：《呂赫若小說全集》，第228頁，臺北，聯合文學出版有限公司1995年版。

[22] 呂赫若著、林至潔譯：《呂赫若小說全集》，第537頁。

日文」[23]，他們在臺灣光復初期幾乎完全停止了寫作。例如，張文環「在臺灣光復以前，他是臺灣的中堅作家，做一個文學作家正要步入成熟的境地。就在這當兒，臺灣光復了……一向用日文寫慣了作品的他，驀然如斷臂將軍，英雄無用武之地，不得不將創作之筆束之高閣，」轉而「認真學習國文」[24]。

（八）從日語作品到國語（白話）譯文

臺灣光復初期，也有少數用日語寫作的作家一邊學習國語（白話），一邊用日語寫作。其日語作品經他人譯為國語（白話），以此方式間接地實現了從日語到國語（白話）的轉換。

臺灣《新生報》之文藝副刊《橋》，乃是臺灣光復初期重要的文藝園地。該刊編者曾刊登廣告，「歡迎本省作者投稿」，並說明「無論日文與中文均所歡迎」。[25]楊逵的日語作品《知哥仔伯》[26]、葉石濤的日語作品《澎湖島的死刑》[27]和《汪昏平・貓・和一個女人》[28]，就是由潛生譯為國語（白話）並發表於該刊的。

上述種種語言的轉換，其前項都不是國語，其後項的一半以上乃是國語（白話）。質言之，國語（白話）乃是臺灣現代文學進程中語言轉換的主要趨向。在臺灣光復初期，完全採用國語（白

---

[23] 鍾肇政：《創作即翻譯》，載臺灣《聯合報》1991 年 8 月 20 日。
[24] 張光正編：《張我軍全集》，第 366 頁。
[25] 見臺灣《新生報》1948 年 8 月 9 日。
[26] 見臺灣《新生報》1948 年 7 月 12 日。
[27] 見臺灣《新生報》1948 年 7 月 21 日。
[28] 見臺灣《新生報》1948 年 8 月 8 日。

話）則是語言轉換的最終結局。

二、

作為一個歷史時期的遺留，我們今天看到的臺灣現代文學作品略可分為文言作品、國語（白話）作品和日語作品。其中，部分日語作品發表前已經過譯者譯為國語（白話）、已經過一個語言轉換的過程，如楊逵作、潛生譯的《知哥仔伯》，葉石濤作、潛生譯的《澎湖島的死刑》和《汪昏平・貓・和一個女人》；大部分日語作品則在發表後由經過譯者譯為國語（白話）、又經過一個語言轉換的過程。因此，對臺灣現代文學作品還應有原作和譯文之辨；對於譯文又當注意各種譯本之別，如呂赫若作品之施文譯本、鄭清文譯本和林至潔譯本等。

某些臺灣現代文學作品的創作過程其實是一個語言轉換的過程、一個亦創亦譯的過程。如賴和作品的從文言初稿到國語（白話）夾雜方言的定稿，呂赫若作品的從方言腹稿到日語或國語（白話）文稿。與此相應，臺灣現代作家的創作用語其實可以稱為創、譯用語，它涉及文言、國語（白話）、日語和方言。

茲談論臺灣現代作家創、譯用語的若干問題。

（一）臺灣現代文學乃從倡言「反對文言文，提倡白話文」起步，又在日據當局強制阻限漢語的重壓之下艱難地進步。然而，作為古代漢語書面語、作為中國文學傳統的寫作用語，文言在日據時期始終是臺灣作家主要的寫作用語之一。

我在上文已經談到，在臺灣現代文學起步以後、臺灣光復以前，「反對文言文，提倡白話文」只是部分地得到部分臺灣現代作家的回應。我們看到的事實是，部分臺灣現代作家接近和接受了國語（白話），但罕有用文言寫作的臺灣現代作家放鬆或放棄了文言。用文言寫作的臺灣現代作家「提倡作詩，組織詩社以期保持漢文於一線」[29]，他們使用方言、寫作舊詩、結社聯吟，用意乃在「特籍是為讀書識字之楔子」[30]。這是臺灣現代作家主觀方面的原因。從客觀情況看，日據當局政策調整過程中留下的空白也使得用文言寫作的臺灣作家有了乘隙活動的餘地。在日據時期，日據當局的文化政策經歷了一個從籠絡政策到限制政策和扼制政策的調整過程；而臺灣文學則在經歷了短暫的沉寂期（1895—1902）後開始復甦，其標誌是 1902 年台中櫟社的重振和結社聯吟活動的恢復。作為日本漢文學在臺灣的延伸，侵台日吏中的漢文學家和漢文學愛好者廣泛地介入結社聯吟的活動，共同傾心於用文言寫作漢詩（中國舊詩）。日本漢文學在臺灣的延伸、日人在臺灣的漢文學活動，最初乃受到日據當局文化籠絡政策的鼓勵，屬於執行文化籠絡政策的行為。當日據當局不再採取文化上的籠絡政策，開始限制並進而扼制中國文學乃至中國文化在臺灣的發展，日本的漢文學卻因感受了中國文學乃至中國文化的魅力而繼續延伸。它在客觀上延長了文化籠絡政策的時效、並使得文化限制政策和文化扼制政策的覆蓋面留有空白，為臺灣作家使用文言、寫作舊詩和結社聯吟活動的公開化和合法化提供了一定程度的保護作用。日據當局限制並且進而扼制漢語教學和漢文報刊，卻不曾對使用文言、寫作舊詩和結社聯吟的活動實施嚴

---

29 葉榮鐘：《日據下臺灣政治社會運動史》，下冊，第 619 頁。

30 台中櫟社發起人林癡仙語。轉引自林獻堂：《無悶草堂詩存・林序》。

厲的限令或禁令。據臺灣學者報告，1902 年臺灣全省共有詩社 6 家，到臺灣現代文學起步之年的 1923 年增至 69 家，此後，仍然保持逐年增加的慣性，至日據後期的 1943 年竟然攀升至 226 家。[31]這是日人始料不及、亦是我們終於看到的文言成為日據時期臺灣作家（包括臺灣現代作家）主要寫作用語的客觀原因之一。

（二）在臺灣光復以前，用文言寫作的臺灣現代作家有相當部分是透過方言來學習文言，又用方言來誦讀或吟唱文言作品的。

臺灣學者黃美娥報告：

> 考察日據時期本地的詩社活動，尚可發現一有趣之處，由於土地開發關係，本地人口結構包括了閩籍與客籍百姓，因此成立詩社時，也就出現有以閩籍成員為主的詩社，如新竹市區內的「竹社」、「青蓮吟社」、「耕心吟社」……，創立於竹北地區的「來儀吟社」、「御寮吟社」、「鋤社」，以及創立於關西、新埔地區，以客籍成員為主的「陶社」、「大新吟社」、「南瀛吟社」等。由於使用語言不同的關係，吾人可以發現地方境內的各個詩社當其舉行聯吟詩會時，語言對於活動的進行，會發生關鍵性的區隔作用：例如竹北地區的「鋤社」，其舉辦詩會時，往往會與同操閩語的新竹市區文人聯吟，始終未見其與附近的「陶社」或「大新吟社」、「南瀛吟社」舉行區域性的詩社聯吟；而使用客語的「陶社」，則屢與鄰近同屬客語系統的新埔文人

[31] 吳毓琪：《南社研究》，第 33—34 頁。

或桃園龍潭詩人聚會切磋。[32]

顯然，「操閩語」的作家與「使用客語」的作家都用文言寫作、卻用各自的方言吟唱，由此發生了結社聯吟活動中的方言「區隔」現象。這種方言「區隔」現象，同日據時期臺灣社會方言「區隔」的情況是一致的。當臺灣光復之時，重慶《大公報》記者李純青在臺灣苗栗就曾有「苗栗講客家話，有時要經過兩道翻譯，由國語翻閩南語，再由閩南語翻客家話」[33]的遭遇。

文學上和社會上的方言「區隔」共同反映了國語（白話）低普及率的狀況。以此衡之，臺灣現代文學在臺灣光復初期短短幾年之間迅速實現為「國語的文學」[34]，臺灣光復初期的國語推行運動與有力焉、功莫大焉。

（三）1925 年 10 月 25 日，張我軍在《臺灣民報》發表《中國國語文做法· 導言》[35]；翌年，張我軍《中國國語文做法》一書在臺灣出版。二十年後，1945 年 10 月 25 日，臺灣光復；翌年，張我軍返回臺灣，並著手編《國文自修講座》。《國文自修講座》1—5 卷於 1947 年起陸續在臺灣出版。

《中國國語文做法》乃是「用國文講國文」，而《國文自修

---

[32] 黃美娥：《建構中的文學史：新竹地區傳統文學史料的採集、整理與研究》，臺灣文學史料編纂研討會論文，臺北，2000 年。

[33] 李純青：《二十三天的旅行》，載重慶《大公報》1945 年 12 月 6 日，引自《望鄉》，第 28 頁，臺北，人間出版社 1993 年版。

[34] 胡適語。引自《中國新文學大系·建設理論集》，第 127 頁，上海，良友圖書印刷公司 1935 年版。

[35] 載《臺灣民報》第 76 號，1925 年 10 月 25 日。

講座》則是「借用大多數臺胞能懂的日文做工具」即用日文「講國文」。張我軍說：

> 用文字對現在不懂國文的臺胞講授國文，要用國文做工具。換句話說，要用國文講國文，事實上恐怕是等於不講；假如臺灣方言是能夠用大家都看得懂的文字來表現的話，那麼用它來做工具，可以說是最理想的了。無奈臺灣方言是無法表記的，即使勉強用漢字寫出來，讀起來比國文也許更難懂。所以本講座只好借用大多數臺胞都能懂的日文做工具。但是大約推量起來，讀過六卷之後，淺近的國文也能夠瞭解了，第七卷以後便可以用國文講解，而實在無法瞭解的地方才輔之以日文。[36]

同編寫《中國國語文做法》時的情形不大相同，《國文自修講座》面對的是「現在不懂國文的臺胞」和「大多數臺胞都能懂」日文的情形，面對的是基本「不懂」國語（白話）和基本「都能懂」日語的讀者。《國文自修講座》因而「只好借用大多數臺胞都能懂的日文做工具」。從張我軍的話語裡，我們感受了苦楚。

從臺灣光復初期國語推行運動的實際情況看，「用國文講國文」、用方言「講國文」也是臺灣民眾曾經採用的講授和學習國語（白話）的方式。臺灣民眾最常用的方式則是借助注音符號、國語羅馬字或方言羅馬字來學習國語。鍾肇政先生自稱在臺灣光復初期透過注音符號和文言讀本學習國語（白話），並宣稱這是

[36] 引自張光正編：《張我軍全集》第 433 頁。

不少人「共通的學習經過」；[37]朱兆祥則提及「注符、方符、國羅、方羅」(即注音符號、方言符號、國語羅馬字和方言羅馬字)都是「國語指導員」；[38]胡莫和朱兆祥在臺灣光復初期還分別提出《新拼音法(臺灣新白字)》[39]和「廈語方言羅馬字」之「新草案」[40]，以濟「臺灣方言是無法表記的」之窮。「由方言到國語，由方符到國文，這是國定的左方右國——或左義右音的政策。臺灣省的國語運動正是朝著這個路走的」[41]。

據我聞見所及，臺灣光復初期出版的國語自學輔導讀物，先於張我軍《國文自修講座》的有林忠(臺灣廣播電臺台長)的《國語廣播教本》(1945)和許壽裳(臺灣省編譯館館長)的《怎樣學習國語和國文》(1946)。

(四)從總體上看，臺灣現代文學作品採用了大量的臺灣方言俚語。某些作家甚至抱持了用方言來寫作小說的態度，某些日語作品在譯成國語(白話)後，亦是方言俚語迭出。一部《光復前臺灣文學全集》[42](1920—1945)，簡直是一部「臺灣方言語彙」。

例如，廢人(鄭明)的國語(白話)小說《三更半暝》[43]篇

---

[37] 鍾肇政：《創作即翻譯》，載臺灣《聯合報》1991 年 8 月 20 日。

[38] 朱兆祥：《廈語方言羅馬字草案》，載《臺灣文化》第 3 卷第 7 號，1948 年 9 月 1 日。

[39] 胡莫：《廈門方言之羅馬字拼音法》，載《臺灣文化》第 3 卷第 5 號，1948 年 6 月 1 日。

[40] 見《臺灣文化》第 3 卷第 7 號，第 13—18 頁。

[41] 朱兆祥：《廈語方言羅馬字草案》。

[42] 鍾肇政、葉石濤主編，臺北，遠景出版社 1979 年版。

[43] 原載《臺灣新文學》第 1 卷第 10 號，1936 年 12 月；收鍾肇政、葉石濤

制短小，採用方言俚語竟達 70 餘處：半暝（半夜）、傢夥（家當）、睏（睡覺）、落車（下車）、土粉（灰塵）、生成（天生）、頭面（臉面）、大腸告小腸（喻饑腸轆轆）、安爾（如此這般）、滾水（開水）、無工（沒時間）、緊睏（快睡）、銀角子（錢）、早起（早上）、落眠（入睡）、有影（真的）、後壁（後邊）、淡哺（一點點）、下晡（下午）、淡薄（一點點）、隨時（馬上）、啥貨（什麼）、恁（你）、人客（客人）、幹鄙噪（咒罵）、人氣（人緣）、生理（生意）、菜店（酒店）、走桌（跑堂）、舍（對世家子弟一類人物的稱謂）、落崎（下坡）、飼妻子（養家小）、趁（賺）、滾笑（開玩笑）、晏（晚）、住暝（過夜）、知影（知道）、墘（邊沿）、仙（先生）、攏（都）、終世人（一生、一直）、時行（行情好）、頭家（老闆）、無偌遠（不多遠）、暢話（笑話）、敢（恐怕）、二點外鐘（二時許）、娶（領）、拚（清理）、步輦（步行）等。

又如，翁鬧的日語小說《戇伯仔》由鍾肇政譯為國語（白話）[44]，譯文裡也有唐山（大陸）、翹（死去）、仙（先生）、銀（錢）、牽手（結婚）、轉來（回來）、蕃薯（地瓜）、查某（女人）、埕子（平地）、紅毛蕃（外國人）、空（閑）、店仔（小店）、街路（街道）、陣（行進的隊伍）、大日頭（炎日）等方言俚語。

由於臺灣現代國語（白話）小說和日語小說之國語（白話）譯文往往夾雜方言和日語，《光復前文學全集》的編者特地採用

主編《光復前臺灣文學全集》第 6 卷。

[44] 原載《臺灣文藝》第 2 卷第 7 號，1935 年 7 月，譯文收鍾肇政、葉石濤主編《光復前臺灣文學全集》第 6 卷。引自鍾肇政、葉石濤主編《光復前臺灣文學全集》第 6 卷。

了文後附注之法：「內容有日語或閩南方言之處，為求不干擾原文，一律附注於後，我們希望附注部分並非是原文的附屬而已，而能自成獨立單元，讓讀者在查閱之餘，能進一步伸入其中，去瞭解臺灣的歷史文化和風俗習慣。是以，諸如『二林事件』、『臺灣文化協會』、『公益會』、『尾衙』、『開正』、『演武亭鳥仔』、『舉柴仔撞目睛的』、……皆盡可能予以評注」[45]。

我曾在《臺灣文學：民俗、方言的介入》[46]一文裡指出：

> 民俗和方言本來就有一層如影相隨的密切關係。民俗學家顧頡剛曾經說：「以風俗解釋方言，即以方言表現風俗，這是民俗學中新創的風格，我深信其必有偉大的發展」。顧頡剛肯定的是人類文化語言學（ethnolinguistics）的研究方向，也是民俗和方言之間的密切關係。臺灣民俗和臺灣方言共同介入臺灣文學，主要是由這層關係約定的。

日據時期，在日據當局文化政策的重壓之下，堅守傳統的民俗習慣和語言習慣成為臺灣人民抵制日據當局文化政策的主要鬥爭方式，成為臺灣人民最為看重的生活方式。傳統的民俗習慣和語言習慣，臺灣民俗和臺灣方言，自然也為臺灣作家所看重。對於臺灣現代文學作品採用方言俚語的現象，這應該是一種合理的解釋。

那麼，為什麼在臺灣現代文學的進程中，方言作品始終未能自成一類、自成一種氣候呢？

---

[45] 引自鍾肇政、葉石濤主編：《光復前臺灣文學全集》第 1 卷，第 5 頁。

[46] 收拙著《臺灣社會與文化》，第 143 頁，福州，海峽文藝出版社 1994 年版。

舉例言之。在《光復前臺灣文學全集》裡，柳塘（楊朝枝）的小說《有一天》[47]裡有「誰叫你來的，是你的阿母嗎」和「不是，是我的阿媽叫我來的」之問答。在閩南方言裡，「阿母」指母親，「阿媽」卻是對祖母的稱謂。作者或編者不就此注釋，閩南方言區以外的讀者將困惑不解：媽媽（阿媽）不是母親（阿母），這算什麼回事？廢人（鄭明）的小說《三更半暝》裡有「娶查某出局」之語，意即帶妓女出場。在閩南方言裡，「娶」另有「帶領」之意。如果作者或編者於此處不予附注，所有的讀者都會產生歧義，以為書中人物娶了妓女為妻為妾。所謂「方言作品」當然是通篇方言，給通篇方言加注，注文當然多於本文。讀此注文多於本文的作品，對此「櫝多於珠」的情形，讀者往往不堪卒讀。看來，張我軍所謂「臺灣方言是無法表記的」和連橫所謂「以臺灣語而為小說，臺灣人諒亦能知，但恐行之不遠耳」[48]，乃是嘗試用方言寫作的臺灣現代作家鮮有斬獲，方言作品未能自成一類、自成一種氣候的原因。

2002年6月9日凌晨

[47] 收《光復前臺灣文學全集》第5卷。

[48] 連橫：《雅言》，第20—21頁。

文學的周邊文化關係
——臺灣文學史研究的幾個問題

癸未之秋、開學伊始，我同研究生張寧、游小波、李詮林諸君商定，他們各以「臺灣古代文學史」、「臺灣近代文學史」和「臺灣現代文學史」作為博士學位論文的選題，我則擔負指導之責。

本人初涉臺灣文學史的研究始於 1987 年 11 月，迄今已整整 16 個年頭。於此艱難的學術路途之中，自有心得種種、亦有失慮多多。

吾願以治學之得失，報告於同道諸君。

一、

文體與文學，關係甚為密切。某種文體的盛行，甚至造就了某一時代文學的風貌。王國維先生嘗謂：

> 凡一代有一代之文學：楚之騷，漢之賦，六代之駢語，唐之詩、宋之詞，元之曲，皆所謂一代之文學，而後世莫能繼焉者也。[1]

誠哉斯言也。

然而，隨著文學的發展、時代的推演，某些文體漸被置於文學的邊緣、漸被視為文學的邊緣文體。

在我看來，我們收集臺灣文學史料的注意力應當及於臺灣作家的聯語、詩鐘、制義、駢文、歌辭等各類邊緣文體的作品。

請試言之。

（一）聯語

聯語也稱楹聯、楹帖、對聯和對子等。

陳寅恪先生曾舉出以「對對子」為清華大學入學試題的理由，略謂：

> （甲）對子可以測驗應試者能否知分別虛實字及其應用，此理易解，不待多言；（乙）對子可以測驗應試者能否分別平仄聲，此節最關重要。聲調高下，與語言變遷文法之關係，學者早有定論。中國之韻文無論矣，即美術性之散文，亦必有適當性之聲調。若讀者不能分平仄，則不能完全欣賞與瞭解，竟與不讀相去無幾，遑論仿作與轉譯？又中國古文句讀，多依聲調而決定，若讀者不通平仄聲調，

[1] 王國維：《宋元戲曲史》，自序第 1 頁，北京，東方出版社 1996 年 3 月版。

> 則不知其文句起迄，故讀古書，往往誤解。（丙）對子可以測驗讀書之多少，及語藏之貧富。若出一對子，中有專名或成語，而對者能以專名或成語對之，則此人讀書之多少，及語藏之貧富，可以測知。（丁）對子可以測驗思想條理。凡上等之對子，必是正、反、合之三階段。凡能對上等對子者，其人之思想，必貫通而有條理，故可藉之而選拔高材之士。[2]

「聯語為吾人每日接觸眼簾之物」[3]，其應用範圍相當寬泛，視之為應用文體或文學的邊緣文體當無不可。但是，同文學的關係相當緊密的「上等之對子」在文學史當有一席之地。

有鑑於此，我曾作《臺灣近代楹聯小箚》和《臺灣諺聯》，分別收於拙著《臺灣近代文學叢稿》（1990）和《臺灣社會與文化》（1994）；又曾在寫作《臺灣文學史》（1991）之「近代文學編」時，立專節論述「筆記文學與楹聯藝術」。

臺灣聯語作品和聯語作手於今仍是收羅不全、論列未周，同道諸君在此一方面正可下一番竭澤而漁的功夫，相信將有豐碩的收穫。

（二）詩鐘

詩鐘又名詩畸、折枝和擊缽吟。

---

[2] 陳寅恪：《與劉叔雅論國文試題書》，轉引自劉麟生：《中國駢文史》，第137—138頁，北京，東方出版社1996年3月版。

[3] 劉麟生：《中國駢文史》，第122頁。

詩鐘的創作活動基本上屬於文字遊戲。然而，詩鐘一體傳入臺灣後卻在臺灣文學史上一再發生重要的影響。

我在《臺灣文學史》之〈近代文學編〉指出：

> 詩鐘（的創作活動）乃是一種具有競技性質的集體活動，有關於時、體、題、韻的嚴格規定和「拈題」、「宣唱聯句」之類具有遊戲趣味的項目。因此，詩鐘在臺灣的傳播促成了臺灣詩人結社聯吟的風氣和雕詞琢句的遊戲之風，使建省初期（1885—1894）的臺灣詩壇呈現出繁榮（及其）背後的虛弱：廣泛而頻繁的文學活動和狹窄而瑣碎的作品題材，相與切磋詩藝與追求形式主義，佳作名篇迭出與無聊之作紛呈。[4]

又在拙著《中國文化與閩台社會》（1997）指出：

> 「擊缽吟」一體（包括擊缽聯吟活動中的詩鐘、七絕和七律）的創作是一種具有競技性和趣味性的集體創作，台中櫟社「以擊缽吟號召，遂令此風靡於全島」則是一種不得已而為之的明智選擇。「擊缽吟」的遊戲形式在集結臺灣詩人、迷惑日據當局方面確有相當的優越性，日據前期臺灣文學詩社林立、詩人輩出、活動頻繁的現象正是在「擊缽吟」的旗幟和幌子下發生的。應該更進一步指出的是：「誰謂遊戲之中無石破天驚之語耶？」臺灣詩人的「擊缽

[4] 劉登翰等主編：《臺灣文學史》，第 246—247 頁，福州，海峽文藝出版社 1991 年版。引文括弧內文字為引用時所加。

吟」創作也不乏抗日愛國的名句名篇。[5]

近年，我對詩鐘一體同臺灣文學的關係又有新的認識。我注意到，在日據後期，日據當局限制並且進而扼制漢語教學和漢文報刊，卻不曾對使用文言、寫作舊詩和結社聯吟的活動實施嚴厲的限令或禁令。據臺灣學者報告，1902 年臺灣全省共有詩社 6 家，到臺灣現代文學起步之年的 1923 年增至 69 家，此後仍然保持逐年增加的慣性，至日據後期的 1943 年竟然攀升至 226 家[6]，詩鐘（擊缽吟）在日據初期引發的「詩社林立、詩人輩出、活動頻繁」的狀況一直延續到日據後期，詩鐘（擊缽吟）同臺灣文學史的關係也從臺灣近代文學時期維持至於臺灣現代文學時期。

（三）制義

制義又稱制藝、時文、四書文、八比文和八股文，制義寫作是明清科舉制度規定的考試專案。

「士既無不出身於科舉，即無不能為制藝。」[7]清代「出身於科舉」的臺灣作家留存的制藝作品相當多，並有臺灣作家的制義作品達到全國一流的水平。

盧前（冀野）《八股文小史》[8]據清人梁章鉅《制藝叢話題名》列臺灣教諭鄭兼才為清代嘉慶朝之「制藝巨手」之一。

---

5 拙著《中國文化與閩台社會》，第 85 頁，福州，海峽文藝出版社 1997 年版。

6 吳毓琪：《南社研究》，第 33—34 頁，台南市文化中心 1999 年版。

7 盧前：《八股文小史》，引自劉麟生：《中國駢文史》，第 162 頁。

8 書成於 1933 年 10 月，為作者在暨南大學的講稿之一，1937 年 5 月由商務印書館出版。

鄭兼才（1758—1822），字文化，號六亭，福建德化人，嘉慶三年（1793）舉鄉試第一。曾兩度擔任臺灣縣學教諭並終老焉。

又，洪棄生《寄鶴齋詩話》謂：

> 同邑有張汝南，名光嶽，號璞齋，制藝巨手，衡文者至以方百川為比，而不工詩。[9]

張光嶽（1859—1892），字汝南，號璞齋，臺灣彰化人。方百川即方舟，安徽桐城人。方舟、方苞兄弟同出於制藝大家韓慕廬門，「為一代之巨手。」[10]張光嶽的制義作品堪「以方百川為比」，自有相當水準。

清代臺灣書院訓練制義寫作的情形，在臺灣作家筆下留有很多記錄。如汪春源《窺園留草・汪序》記「制義試帖」為海東書院的課程，施士潔詩有「我年十八九，沾沾制義不釋手」[11]句。

制義一體有種種嚴格的規定。嚴格規定之下的訓練，實際上就是強化訓練。由此視之，制義同文學是有關聯的，於臺灣文學史著論其作家作品、優劣利弊當無不可。

我在寫作《臺灣文學史》之「近代文學編」時，已發現並抄錄臺灣近代作家的制義作品 10 餘種。當時憂慮於「八股文」之名易招致批評，竟然不著一字、不置一詞。於今思之，頗感遺憾。

---

[9] 洪棄生：《寄鶴齋詩話》，《臺灣文獻叢刊》本。

[10] 盧前：《八股文小史》，引自劉麟生：《中國駢文史》，第 202 頁。

[11] 施士潔：《艋川除夕遣懷》，引自《後蘇龕合集》，《臺灣文獻叢刊》本。

（四）駢文

駢文源於漢魏，成於六朝。篇章以雙句（儷句，偶句）為主，講究對仗、聲調和韻律（或有不用韻者）。唐代以後多以四字、六字定句，也稱「四六文」。

我初涉臺灣文學史研究以後，首次發現的臺灣作家的佚文就是駢文：施士潔和羅秀蕙分別撰寫的兩篇〈祭江杏邨先生文〉。

讀此二文，賞其字句之美、聲情之茂及其憂國憂民、崇尚正義的思想內容，誰謂駢文無石破天驚之作！

「駢文在吾國文學史中，自有其光榮的史頁」[12]。「六朝之駢語」曾領一代之風騷，駢文作品之佳者自當入史。

（五）歌辭

收集臺灣文學史料，宜留意收集歌辭。

歌辭略分兩類。

一為抒情類。如，王新民教授《清初臺灣番族原始文學資料》[13]從清代文獻輯錄的民歌《麻豆思春歌》等屬於抒情類的歌辭。《麻豆思春歌》是清人以直音法注音、意譯法釋義而記錄下來的，其辭曰：

> 唉加安呂燕（夜間難寐），音那烏無力圭肢腰（從前遇著美女子），礁圭勞音毛番（心中歡喜難說）。

---

[12] 劉麟生：《中國駢文史》，第 8 頁。

[13] 載福建國立海疆學校《海疆學報》第 1 卷第 2 期，1947 年 4 月 15 日。

另一類為敘事類。

連横《雅言》記臺灣有「采拾臺灣故事，編為歌辭者，如《戴萬生》、《陳守娘》及《民主國》」。

福州大學施舟人、袁冰凌教授伉儷創辦的西觀藏書樓有這方面的收藏。

二、

梁啟超先生嘗謂：

> 做文學史，要對於文學很有趣味很能鑒別的人方可以做。他們對於歷代文學流派，一望過去即可知屬某時代，並知屬某派。比如講宋代詩，哪首是西崑派，哪首是江西派，文學不深的人只能剿襲舊說，有文學素養的人一看可以知道。[14]

細思梁任公之言，我覺得若將「有文學素養的人」改為「有國學素養的人」便好。因為我們所見的事實是：「有國學素養的人」來「做文學史」，如王國維做《宋元戲曲史》、胡適做《白話文學史》、魯迅做《中國小說史略》、羅根澤做《樂府文學史》、鄭振鐸做《中國俗文學史》、阿英做《明清小說史》，一出手便是經典之作；而「有文學素養的人」若不曾接受史學訓練，於文學外部的制度知之不多、知之不詳，當他們從事文學史著的寫作，

---

[14] 梁啟超：《中國歷史研究法》，第 337 頁，北京，東方出版社 1996 年 3 月版。

可能在「外部制度與文學史實的論述」一節上有所缺失。

我在《清代福州對台文化交流的若干情況》一文指出：

> 臺灣民間曾有「無福不成衙」之諺流傳。臺灣學者吳瀛濤在《臺灣諺語》(臺灣英文出版社 1979 年版）一書裡解釋說:「清代，臺灣的官吏多數是福州人，此因福州是福建省的省垣，而當時閩、台管轄未分離，所有臺灣的州、廳、縣官，大部分是由福建總督、巡撫，從省內揀選，自然上至撫台衙門的幕僚、下至縣丞衙門的雜員都充斥了福州人」。這裡有一個誤解。清代回避制度規定:「督撫以下，雜職以上，均各回避本省」，即非本省，五百里內亦不得為官。但是，教職和武職稍可放寬。「無福不成衙」反映的歷史真相是：清代臺灣各地、各級、各種衙門裡幾乎都有福州人士擔任教職或者幕友。幕友不等同於吳瀛濤所謂「衙門的幕僚」(有官職的佐助人員)，是衙門內沒有官職的佐助人員（俗稱「師爺」)，他們通常是由衙門長官私人聘請，分管衙門內之刑名、錢穀、文案一類事務。[15]

這裡涉及的幕府制度、職官制度、教育制度和回避制度，以及這裡不曾涉及的科舉制度等都是文學的外部制度。

文學的外部制度同文學的關係，乃是中文（國文）院（所）出身的學者如我輩宜多加注意的關節。

10 年前，我曾就「臺灣幕府與臺灣文學」之課題，選擇唐景

[15] 拙著《中國文化與閩台社會》，第 17 頁。

崧在臺灣兵備道（任所在台南）、臺灣布政使和臺灣巡撫（任所在臺北）任上先後辟置的幕府做個案研究。研究結果表明：

> 在近代臺灣，幕府在錄用人才方面以不拘一格、自由流動等優越性為號召，吸引、集結了一批無意、失意或者仍然著意於科舉、仕宦之途的文學人才，養成、助長了文學上議政干政、結社聯吟的風氣，推出了一批優秀的文學作品，對臺灣文學影響至深、增色不少。[16]

我在研究報告裡也提及另一個案：臺灣知府仝卜年辟置的幕府，謂：

> 當然，並非所有的幕府都如唐景崧幕一般熱鬧。如道光末年臺灣知府仝卜年幕中就很是清靜。幕友張新之說：在幕中「日不過出數言，眠食靜息」。他因此有了潛心學術的時間和心境，在仝卜年幕中完成了巨著《妙復軒評點石頭記》，是書為《紅樓夢》的重要評本之一。[17]

這一情形並不相同的個案反映的也是幕府制度與文學的關係。

在「臺灣幕府與臺灣文學」的課題之下，宜深入進行個案研究和綜合研究，相關的文學史實亦當在臺灣史著裡論述及之。

---

[16] 拙著《臺灣社會與文化》，第 224 頁，福州，海峽文藝出版社 1994 年 9 月版。

[17] 拙著《臺灣社會與文化》，第 222 頁，福州，海峽文藝出版社 1994 年 9 月版。

十餘年來，我於「臺灣的科舉和臺灣的文學」亦頗留心。早年有《臺灣的科舉和臺灣的文學》、《清代臺灣教育科舉若干史實考》等文，近年則有《文化：閩江流域與臺灣地區》、《清代福州對台文化交流的若干情況》、《地域歷史人群研究：臺灣進士》之作。

作為文學外部的制度，科舉制度對臺灣文學曾發生多方面的影響。此一方面有頗多問題尚待深入研究。

例如，科舉制度引發的閩、台兩地文人流動的狀況裡就有「冒籍」問題須得細細考辨。

陳泗東先生曾經指出：

> 臺灣於光緒十一年（1885 年）才從福建分出，自成一省。清朝一向對臺灣士子有特殊照顧的規定，鄉會試都保留一定的名額。臺灣當時文化較低，據乾隆廿九年巡台御史奏：「臺灣四縣應試，多福興泉漳四府之人。稍通文墨，不得志於本籍，則指同姓在台居住者，認為子侄，公然赴考。」……其中晉江人王克捷以諸羅縣（現嘉義縣）秀才中乾隆十八年癸酉（1753 年）科舉人，更中乾隆廿二年丁丑（1757 年）科進士，就是典型之例。直至清末閩台分省前後，依然出現此類事。如泉州土門外下圍村人葉題雁，字映都，號梅珊，就以臺灣籍中庚辰（1880 年）進士，官郎中、御史。其冒籍情況不明。又如泉州城內新坊腳人李清琦以臺灣彰化籍中光緒二十年甲午（1894 年）科進士、點翰林。李是明代進步思想家李贄的族裔，關於他的台籍詳情，我曾詢問他的後代，據說李清琦有一個叔父到臺灣

> 彰化當塾師，李隨他至台讀書，就彰化籍進秀才，以後他仍然回泉州居住，後代無人留台。[18]

清代官方對士子冒籍赴考的行為有認定的標準和處罰的措施。王連茂、葉恩典先生《張士箱家族及其家族文件概述》記：

> （張士箱）於康熙四十一年（1702）二十九歲時即參與張家重修族譜的工作，說明其學問已在宗族中嶄露頭角。我們雖然不清楚他二十九歲前的經歷，但從他是年「冒籍」入永春學的舉動，已能明瞭他渴求功名的心態。可惜此舉被發現而除名，這對他的傷害肯定不小。其時，臺灣科舉初興，獲取功名的機會較多，於是閩南一帶不少久困科闈的年輕學子，紛紛轉向臺灣進學。張士箱也抓住這一契機，於同年毅然東渡，並從此開始了他的人生旅程。
>
> 張士箱抵台後，初住府城鎮北坊，寄籍鳳山。次年入鳳山縣學，而撥入臺灣府學成為生員，之後補增生、廩生。[19]

張士箱初以永春籍進學，又以鳳山籍進學。一遭除名，一獲認可，其原因乃在冒籍與改籍之別。質言之，改籍不同於冒籍。

據我聞見所及，王克捷、李清琦二人曾分別「隨父居於諸羅」（《台南縣誌》卷八《人物志》）和隨叔父「至台讀書」，李清琦

---

[18] 陳泗東：《幸園筆耕錄》，下卷，第480—481頁，廈門，鷺江出版社2003年1月版。

[19] 王連茂、葉恩典：《泉州、臺灣張士箱家族文件彙編》，第2—3頁，福州，福建人民出版社，1999年9月版。

又有「癸巳服闋來台，取諮文赴禮部試」[20]的記錄，他們改籍為臺灣人，事當無疑；葉題雁於 1904 年因母喪從北京返回祖籍地泉州居住，1905 年病逝，他早年改籍的情況尚待查證。

澄清王克捷、葉題雁、李清琦「冒籍赴考」的問題，事關此三人是否為臺灣進士、是否應該入於臺灣文學史，事關臺灣文學史實的論述。

在「臺灣的職官和臺灣的文學」方面，我曾誤「臺灣府學訓導」為「臺灣府學教諭」、誤以「兵備道」為武職，記臺灣「提督學政」一職的輪流兼理亦曾有誤；也曾有相對準確的論述。如：

> 光緒三年丁丑（1877），丘逢甲自彰化赴臺灣府城（台南）應院試（童子試的第三級考試）。主是年院試者為福建巡撫丁日昌。丁日昌詢知逢甲姓名、生年，乃撫其頂曰：「甲年逢甲子。」逢甲對曰：「丁歲遇丁公。」丁日昌大喜，笑曰：「無待閱卷，亦知若可為生員也。」及榜出，果以案首入泮。
>
> 丘逢甲生於清同治三年甲子（1864）。「甲子」既是干支歷年之首，又是對逢甲的稱謂。以「甲子」入於聯中，則「甲年逢甲子」至少涵有二義：甲年（甲子、甲戌、甲申、甲午、甲辰、甲寅）周而復始適逢甲子之年；甲年（甲子之年）恰逢甲子（謂丘逢甲）誕生。逢甲所對「丁歲遇丁公」就更加巧妙了。「丁歲」乃丁丑歲的簡稱，「丁公」是對丁

20 拙著《臺灣近代詩人在福建》，第 69 頁，臺北，幼獅文化事業股份有限公司 1998 年 4 月版。

> 日昌的尊稱。「丁歲遇丁公」除了「在丁丑歲得遇丁公」之意，還兼有知遇感恩的用意，字字恰到好處，無怪乎丁日昌聞言大喜了。
>
> 主持院試本是各省「提督學政」的職責。從 1684 年到 1895 年，臺灣的「提督學政」，先後由分巡台廈兵備道（1684—1721）、分巡台廈道（1721—1727）、巡台御史（1727—1751）、分巡臺灣兵備道（1752—1874）、福建巡撫（1875—1877）、分巡臺灣兵備道（1878—1888）、臺灣巡撫（1888.10—1895）兼理。光緒丁丑之歲（1872）正是福建巡撫主持臺灣學政的年頭，丘逢甲這才有了「丁歲遇丁公」的機會。[21]

此一文學史實的論述涉及的外部制度包括科舉制度和職官制度。

三、

梁啟超先生《中國歷史研究法補編》有言：

> 文物專史的時代不能隨政治史的時代以劃分時代。固然，政治影響全部社會最大，無論何種文物受政治的影響都很大；不過中國從前的政治史，以朝代分，已很不合理論，

---

[21] 拙著《閩台歷史社會與民俗文化》，第 191—192 頁，廈門，鷺江出版社 2000 年 8 月版。

尤其是文物專史更不能以朝代為分野。[22]

我在寫作《臺灣文學史》之「近代文學編」時，曾認真考慮過文學圈外的事件尤其是政治事件同文學史分期的問題，並且寫道：

> 1851 年咸豐皇帝即位一事同臺灣文學的發展似乎沒有關係。然而從臺灣文學的實際情況看，《瀛洲校士錄》（徐樹幹編）、《嘯雲叢談》（林樹梅）等書刊行於 1851 年；《觀海集》（劉家謀）、《陶村詩稿》（陳肇興）、《北郭園詩鈔》（鄭用錫）、《潛園琴餘草》（林占梅）等書所收主要是 1851 年以後的作品；鄭用錫和林占梅在北郭園、潛園組織的新竹縣作家的集體活動始於 1851 年；《海音詩》（劉家謀）書成於 1851 年次年；查小白來台時在 1851 年等，表明了咸豐元年（1851）乃是臺灣近代文學一個發展階段的起點。[23]

又寫道：

> 臺灣在建省（1885）以後、中日甲午戰爭（1894）發生以前的八年間，在兵備、拓殖、文治等方面均有較大發展。這一期間臺灣文學也出現空前的繁榮。詩社紛起；開始有初具雛形的文學流派和具有全國水平和全國影響的詩人出現；遊宦詩人的創作活躍。甲午（1894）、乙未（1895）年間，臺灣詩人又以感人的愛國詩作為臺灣近代文學增添

---

22 梁啟超：《中國歷史研究法》，第 340 頁。

23 劉登翰等主編：《臺灣文學史》，上卷，第 214 頁。

了光輝的一頁。[24]

1993年10月，我在《〈臺灣詩史〉辨誤舉隅》一文指出：

以帝王年號的更替來劃分清代臺灣詩的發展階段，無法體現文學史分期的意義。我們知道，政治史和文學史的進程，不是平行推進、互不交叉，也不是亦步亦趨、合而為一的。某些政治變動確實在文學史上劃下很深的痕跡，如鴉片戰爭劃出了整整一個近代文學的時期；某些政治變動則同文學的發展無甚關係，比如，我們從《臺灣詩史》裡根本看不出清代某個帝王的即位對於清代臺灣詩究竟發生了什麼影響。《臺灣詩史》按照政治變動來劃分清代臺灣詩的階段，卻忽略了對清代臺灣詩產生了深刻影響的政治變動（如鴉片戰爭、臺灣建省）、忽略了臺灣詩自身發展的軌跡（如詩鐘、楹聯、竹枝詞等文體的創作風氣對於臺灣詩創作的影響，擊壤派、同光體派等詩派在臺灣的流風）。[25]

從臺灣文學的實際情況出發，我不贊同將「五四」運動發生的1919年作為臺灣近代文學和臺灣現代文學分野的界線。我在《臺灣近代詩人在福建・引言》指出：

在我看來，1923年是臺灣近代文學史的下限，也恰是本書所記諸多人事的截止之期。1923年以後，開始有嚴格意義

---

24 登翰等主編：《臺灣文學史》，上卷，第243頁。

25 拙著《臺灣社會與文化》，第245頁。

> 上的臺灣現代文學作品出現，而連雅堂的《臺灣詩乘》（1922 年出版），是總結、總評包括臺灣近代文學在內的臺灣舊文學的著作。1895 年以後離台內渡的臺灣近代詩人在 1923 年以前大都已駕鶴西去，少數尚健在者如黃宗鼎等，則已不在福建活動。[26]

政治變動以外的重大事件如社會運動同文學的關係，亦當實事求是地看待。

茲以 1945—1948 年間臺灣的國語運動和臺灣文學的關係為例。

光復初期（1945—1948）臺灣的國語運動經歷了官方籌畫和民眾自發並行的過渡階段和語文學術專家主導的階段，並且在官方、民眾和專家的共同參與之下，成為在臺灣全面推行國語、全面提升臺灣民眾的國語水準的社會運動。

與臺灣國語運動同步、得臺灣國語運動的配合，臺灣文學在光復初期的幾年間實行和實現了「文學的國語、國語的文學」的目標。

由此觀之，光復初期（1945—1948）是臺灣現代文學畢其功於一役的時期，國語運動對文學的推動是此一時期最為重要的文學史實。從 1945 年到 1948 年，臺灣國語運動在臺灣現代文學史上劃出了一個「文學的國語、國語的文學」的時期。

臨末，我想談談文學的周邊文化關係同臺灣文學史研究的關係。

---

[26] 拙著《臺灣近代詩人在福建》，第 7 頁。

我在上文分別從邊緣文體與文學史料的收集、外部制度與文學史實的論述、圈外事件與文學歷史的分期三個方面來講述我在臺灣文學史研究工作中的得失，為同道諸君提供若干參考的資訊和思考的線索。

1999 年，我有幸在福建拜會返鄉參訪的臺灣學者李亦園教授。席間，李亦園教授贈我一冊從臺灣攜帶而來的學術論文集《從周邊看漢人的社會與文化》（王崧興先生紀念論文集）。李亦園教授認為我的研究方法有從周邊看文學的傾向，囑我閱讀時留心王崧興教授的方法論點。

李亦園教授在《從周邊看漢人的社會與文化》一書的〈代序〉指出：

> 崧興兄在海外任教做研究十八年之後，思想漸趨成熟，彙集融合他對少數民族以及漢人社會文化的心得，於是提出所謂「周邊文化關係」的理論，企圖以新的觀點來解釋華南以及臺灣等漢族邊緣的文化與周邊諸少數民族的關係。這是一項很有創意的文化接觸論點。放棄從前的漢族文化為中心的「漢化」觀念，而著眼於漢族與周邊少數民族互動以致相互影響及其歷程的理解。[27]

從王崧興教授「周邊文化關係」的論點受到啟發，我認為：文學邊緣的文體、文學外部的制度、文學圈外的事件等因素同文學發生關聯而構成的文學的周邊文化關係，不是文學的身外之

[27] 黃應貴、葉春榮主編：《從周邊看漢人的社會與文化》，第 2 頁，臺灣「中研院」民族學研究所 1997 年 3 月版。

物，也不是文學史研究可以忽略的部分。

2003 年 10 月 4 日—10 月 6 日

寫於福州寓所之涵悅齋

關於閩南語皮（紙）影戲本的研究
——讀《歐洲漢學研究會不定期刊》第 2 輯

一、

1979 年，《歐洲漢學研究會不定期刊》（Occasional Papers，European Association of Chinese Studies）第 2 輯在法國巴黎出版。

該輯收文三種，均為研究閩南語皮（紙）影戲本的經典之作：

1.《中國皮（紙）影戲本的收集與編目》，法文稿，施博爾（另一中文名為施舟人，Par Kristofer Schipper）著。文章分《介紹》、《目錄》、《分類目錄》和《附錄》。

文章首次報告作者於 1968—1969 年間在臺灣收集閩南語皮（紙）影戲本的成績，並公佈作者所收 198 種閩南語皮（紙）影戲本之篇目。

施博爾（施舟人）現任福州大學特聘教授。

本文所記 198 種閩南語皮（紙）影戲本今收藏於施博爾（施

舟人）、袁冰凌教授伉儷創辦的福州大學西觀藏書樓。

2.《抄本劉龍圖戲文跋》，中文稿，饒宗頤著。

本文略考施博爾（施舟人）所收閩南語皮（紙）戲本《劉龍圖》和《劉昉騎竹馬》裡的主角劉昉，以及《蕭端蒙打死江西王》（55 頁本和 71 頁本）、《江西王》和《蕭端蒙》裡的主角蕭端蒙之籍里和身世，並且論及閩南語方言區之「方音」和「方文」。

本文之末署「饒宗頤，1979 年 4 月於法京。」

3.《朱文：一個皮（紙）影戲本》，英文稿，龍彼得（Piet Vander Loom）著。文章分《導言》、閩南皮（紙）影戲《朱文》校本、《校勘記》和《詞彙小錄》。

本文據施博爾（施舟人）所收閩南語皮（紙）影戲《朱文走鬼》之 50 頁殘本、56 頁殘本、71 頁殘本和 19 頁殘本，以及美國洛杉磯加州大學文化歷史博物館所藏另一種殘本，詳加校勘，並整理為《朱文》校本。

施博爾（施舟人）、饒宗頤和龍彼得三教授均是國際著名學者，他們的參與，提升了閩南語皮（紙）影戲本之研究的學術水準。

二、

施博爾（施舟人）《中國皮（紙）影戲本的收集與編目》記：

> 本目錄介紹的 198 本皮（紙）影戲抄本是我在 1968—1969 年的兩年時間裡收集到的。它們原來是臺灣南部高雄縣彌陀鄉和阿蓮鄉的兩個皮（紙）影戲世家的戲本，其中共有

一百多種不同的戲劇。但具體有多少種很難估算，因為每個出目的演算法不同。所有這些抄本是用很接近潮州話的閩南語寫的，年份最早的抄本是 1818 年的，其它大部分是清光緒年間的抄本。還有一小部分是二戰以後抄的，它們書法很差，劇情也被簡化了。[1]

又記：

本收藏的來源有兩處：一個是彌陀鄉的蔡龍溪，一個是阿蓮鄉的陳貯。不過，我從他們兩位得到的抄本都是他們久已不用的本子。這些破爛的老本子被放在一個竹籃裡，吊在屋頂的屋架子上慢慢黴爛。我得到它們時，有的本子已經破爛不堪。皮（紙）影戲家不再使用這些腳本的原因之一，是它們大部分都是「文戲」本。當時已沒人喜歡看文戲，大家都愛看「武戲」的鬧場。「文戲」長長的唱曲已經沒有人會唱，萬一有機會看一出「文戲」，演戲的人已經不知道那些「曲牌」，所有的曲子都是用一樣的音調，皮（紙）影戲家把這個調子叫做「師公調」。奇怪的是，道士（即師公）有時候也用這個調子，但他們管它叫「皮猴仔調」！孰是孰非，如今已無人能解這一段公案。真正的文戲傳統已經中斷太久了。現在臺灣南部的皮（紙）影戲常用兩個演員，他們最常演出的機會，一是在婚禮上舉行的「拜天公」儀式，二是七月的普度法會。雖然演戲用

[1] 譯自《歐洲漢學研究會不定期刊》(Occasional Papers，European Association of Chinese Studies) 第 2 輯，第 7 頁，1979 年，巴黎。譯者袁冰凌。

的是臺灣腔，但在話語之間還時不時保存了一些原有潮州話的遺跡。[2]

這裡，我願提供兩則資訊以補充說明：臺灣台南（安平）也有皮（紙）影戲流行的歷史記錄、台南（安平）的皮（紙）影戲「最常演出的機會」亦是喜慶和普度。

1.清嘉慶二十四年臘月（1820）勒石的台南《善濟殿重修碑記》謂：

禁：大殿前埕，理宜潔靜，毋許科積以及演唱影戲，聚眾喧嘩，滋事株累未便。[3]

2.日據臺灣初期成書的《安平縣雜記》於「風俗現況」條下記：

酬神唱傀儡戲，喜慶、普度唱官音班、四平班、福路班、七子班、掌中班、老戲、影戲、車鼓戲、採茶唱、藝旦唱等戲。[4]

施博爾（施舟人）收集的閩南語皮（紙）影戲本總目為：

1.伍子胥／2.四結義／3.四結義下本（粗字本）／4.趙孤兒

---

[2] 譯自《歐洲漢學研究會不定期刊》（Occasional Papers，European Association of Chinese Studies）第 2 輯，第 9—10 頁，1979 年，巴黎。譯者袁冰凌。

[3] 引自黃典權編：《臺灣南部碑文集成》，上冊，第 216 頁，《臺灣文獻叢刊》第 218 種。

[4] 引自佚名：《安平縣雜記》，第 15 頁，《臺灣文獻叢刊》第 52 種。

（合盛班）／5.趙孤兒／6.薑詩／7.秦金和（道光本）／8.秦金和／9.秦金和（光緒本）／10.薛武忠／11.薛武忠／12.李德武（合盛班）／13.李德武裴雪英／14.李德武／15.李淵建唐（合盛班）／16.李淵建唐／17.李世民觀花／18.李世民吊玉帶／19.羅通掃北／20.秦叔寶／21.劉全進瓜／22.劉全進瓜（光緒本）／23.劉全進瓜（粗字本）／24.伍雲召；薛仁貴征魔天嶺／25.伍雲召（鍾天金）／26.薛仁貴征東征西／27.薛仁貴征東征西／28.朱雀關紅水陣（粗字本）／29.薛仁貴／30.看鳳凰／31.薛丁山／32.梨花三擒丁山／33.薛丁山（粗字本）／34.薛丁山征西（邱金友）／35.薛丁山征西／36.金光陣（合盛班）／37.金牛關銅馬關（合盛班）／38.樊梨花收土殺精（鍾天金）／39.薛剛進長安；收烏龜收騾頭（楊榮）／40.薛剛看花燈／41.薛剛復仇／42.尉遲恭投軍／43.尉遲恭投軍（鍾天金）／44.打梨門下／45.大破轉輪陣／46.先鋒印（合盛班）／47.梅月英／48.秦漢盜寶傘（粗字本）／49.薛金蓮陳情／50.劉瑞劉仁用計（粗字本）／51.李旦逃走漢王城／52.女人國；李靖收妖／53.二度梅／54.二度梅（楊榮）／55.二度梅／56.陳杏元和番／57.二度梅／58.二度梅／59.裴忠慶／60.裴忠慶／61.李景三家歸宋；陳成文鐵拐仙下凡／62.宋玉祖征南唐／63.楊文廣平南閩十八洞（鍾天金）／64.金貞黃河（邱金友）／65.楊文廣平南（合盛班）／66.楊宗保／67.三合明珠寶劍（鍾天金）／68.三合明珠寶劍（鍾天金）／69.狄青平西遼；李文龍；破三關／70.狄青平西

遼／71.馮叟；郭春花（鍾天金）／72.五鼠鬧東京／73.五鼠鬧東京／74.五鼠鬧東京（鍾天金）／75.包公案／76.宋仁宗認母審郭槐／77.沈國清告御狀／78.金本榮（邱金友）／79.張選（合盛班）／80.金龜記／81.金龜記（同治本）／ 82.師馬都（粗字本）／83.師馬都（楊榮）／84.師馬都／85.師馬都（合盛班）／86.師馬都／87.師馬都（嘉慶本）／88.西亭會／89.高文舉／90.高文舉／91.高文舉；蘇秦（粗字本）／92.崔文瑞／93.崔文瑞／ 94.崔文瑞／95.陸鳳陽慈雲走國／96.陸鳳陽茲雲走國／97.陸鳳陽上本（楊榮）／98.禁五王／99.禁五王下本／100.李彥貴／101.李彥貴／102.李彥貴（乙亥年本）／103.李彥貴（合盛班）／104.王飛豹（鍾天金）／105.劉龍圖（光緒本）／106.劉昉騎竹馬／107.蒙龍／108.義順良（合盛班）／109.義順良／110.義順良／111.楚碧月（光緒本）／112.楚碧月／113.楚碧月（粗字本）／114.楚碧月／115.蕭端蒙打死江西王／116.蕭端蒙打死江西王／117.江西王／118.蕭端蒙／119.施舉魯想計往京／120.高良德（邱金友）／121.高良德／122.高良德／123.高良德 ／124.秦勇江（咸豐本）／125.秦勇江／126.殺九夫（鍾天金）／127.章達德（道光本）／128.章達德／129.郭宗岐往京／130.馮長春（合盛班）／131.馮長春（光緒本）／132.崔學忠／133.崔學忠（咸豐本）／134.崔學忠／135.高亮雲／136.高亮雲／137.高良雲（粗字本）／138.秦大遊（粗字本）／139.何月枝與馬清秀／140.孟麗君／141.郭春花／142.郭春花／143.鳳嬌會李旦

（楊榮）／144.蘇雲／145.蘇雲／146.蘇雲／147.白蛇傳／148.白蛇傳／149.東周列國志；白蛇傳；王萬春／150.白蛇傳／151.商輅征番（光緒本）／152.商輅征番／153.商輅征番 ／154.商輅（鍾天金）／155.商輅（楊榮）／156.秦雪梅；高文舉／157.秦雪梅 ／158.雪梅守節／159.雪梅調教（粗字本）／160.陳可通（粗字本）／161.陳可通／162.馬成龍征番；孫悟空／163.孟日紅割股／164.孟日紅割股／165.孟日紅 ／166.孟日紅／167.八竅珠／168.三結義／169.三結義／170.三結義／171.三結義／172.劉月鶴／173.呂簡清包李陸（道光本）／174.呂簡清／175.呂簡清（粗字本）／176.斬吳應；朱文走鬼（邱金友）／177.朱文走鬼；楊義臣／178.蘆林會；朱文走鬼（粗字本）／179.朱文走鬼／180.楊義臣／ 181.劉明（合盛班） ／182.劉明／183.劉明／184.劉璞（鍾天金）／185.劉璞；殺九天（楊榮）／186.姑換嫂／187.李錫隆（光緒本）／188.方表／189.毛遂鳳（咸豐本）／190.錢秀華／191.錢秀華／192.錢秀華／193.郭記春／194.華光天王／195.白荔芝(邱金友)／196.薛榮往京／197.董榮卑（粗字本）／198.海瑞先生斬奸臣。

另據龍彼得《朱文：一個皮（紙）影戲本》的注解，洛杉磯加州大學文化歷史博物館「藏有 80 種皮（紙）影戲本（包括 8 種副本），它們原先為高雄縣彌陀鄉的皮（紙）影戲演員蔡龍溪所有」。[5]

---

[5] 譯自《歐洲漢學研究會不定期刊》第 2 輯，第 90 頁，譯者汪思涵。

三、

饒宗頤《抄本劉龍圖戲文跋》謂：

> 施君所集諸冊得自台南，故悉題曰閩南皮（紙）影戲，然劉昉原籍在今潮安，蕭端蒙原籍在今潮陽，均與福建無關，此劉、蕭二出，應是潮州當地紙影戲本，後來輾轉傳入鄰省者。[6]

這裡涉及一個問題：潮州與福建的關係，包括潮州皮（紙）影戲與福建皮（紙）影戲的關係。

在我看來，潮州與福建的關係不僅在於潮州在歷史上「曾一度歸屬福建」[7]、「漳州與潮州比鄰，語言風俗多半相同」[8]，還在於潮州府與福建漳州、泉州和臺灣各府同屬於閩南語方言區。以此衡之，「閩南皮（紙）影戲本」既然不能包括潮州皮（紙）影戲本，當然也不能包括臺灣皮（紙）影戲本；而「閩南語皮（紙）影戲本」則完全可以涵蓋閩南語方言區（包括今之潮、汕、漳、泉、廈、台等地）之皮（紙）影戲本。

同屬於閩南語皮（紙）影戲的潮州皮（紙）影戲同閩南皮（紙）影戲、臺灣皮（紙）影戲之間應該有某些歷史或藝術的關聯。龍彼得《朱文：一個皮（紙）影戲本》已論及此一問題，略謂：

---

6 引自《歐洲漢學研究會不定期刊》第 2 輯，第 73—74 頁。

7 唐文基：《福建古代經濟史》，第 109 頁，福州：福建教育出版社 1995 年 4 月版。

8 許地山：《窺園先生詩傳》，引自《窺園留草》卷首，北京和濟印書局 1933 年印本。

最早提及皮（紙）影戲的是 1820 年一個紀念台南寺廟修復的碑刻。大社村的一個家庭稱將這個傳統延續了五代，但這不會早於 19 世紀早期。儘管這個家庭和我見過的其他皮（紙）影藝人都認為自己的先祖在福建漳州府，但通常認為他們的藝術來源於廣東的潮州。可惜並沒有物質證據證明這種信念。在潮州，最早提到皮（紙）影戲是在 1763 年，但在幾十年前皮（紙）影戲已經式微。[9]

應該指出，福建存世最早的方志《三山志》（1182）已提及皮（紙）影戲的雛形。該書卷四十《土俗類二》於「上元」條下記：

燈球 燃燈，弛門禁。自唐先天始，本州准假令三日。舊例：官府及在城乾元、萬歲、大中、慶成、神光、仁王諸大剎，皆掛燈球、蓮花燈、百花燈、琉琉屏及列置盆燎。惟左右二院燈各三或五，並經丈餘，簇花百其上，燃蠟燭十餘炬，對結采樓，爭靡鬥豔；又為紙偶人，作緣竿、履索、飛龍、戲獅之像，縱士民觀賞。朱門華族設看位，東、西衙廊外，通衢大路，比屋臨觀。仍弛門禁，遠鄉下邑來遊者，通夕不絕。[10]

這裡所記「紙偶人」「作緣竿、履索、飛龍、戲獅之像」，分明是皮（紙）影藝術，是皮（紙）影戲的雛形。由此而進一步，

---

[9] 譯自《歐洲漢學研究會不定期刊》第 2 輯，第 81—82 頁，譯者汪思涵。
[10] 引自梁克家：《三山志》，第 783 頁，北京：方志出版社 2003 年 4 月版。

以「紙偶人」之「像」飾演故事，則是十足的皮（紙）影戲也。

漳州地方文獻也有當地皮（紙）影戲的歷史記錄。如：

1.徐宗幹（時任汀漳龍道，任所在漳州）《小浣霞池館隨筆》（1844）記：

> 在任五月，紳民於三月初九日為余祝五旬生日。沿門懸采，比戶焚香，燈戲三日，禁之不止……動謂漳南亂民，民情之厚，孰有如漳南者乎！[11]

這裡所記「燈戲」，即皮（紙）影戲也。

2.陳鑑修《龍溪新志》（1945）記：

> 漳屬影戲所演《烏鴉記》一出，聞系清道咸間安溪縣事。有姦夫淫婦圖害本夫，強醉以酒，而以竹葉青蛇置竹筒中，灌入其腹而致死。當下手時，適為偷兒陳老三所見。後邑令白公微服私訪，有鴉向公哀鳴。公心動，隨之而行，至老三家始得其情。讞乃定，陳老三後隨公至廈改業商，性豪爽不拘小節。[12]

3.陳虹（1934年曾入漳州薌潮劇社為演員）《歲月回眸》記：

> 薌潮（劇社）遵照（中共）黨組織的指示，除演出話劇外，還運用彈詞、歌曲、紙影戲、歌謠、連環畫、標語進行宣

---

[11] 徐宗幹：《斯未信齋雜錄》，第15頁，《臺灣文獻叢刊》第93種。

[12] 引自陳鑑修：《龍溪新志》，第75頁，漳州市圖書館藏1982年油印本。

傳。[13]

又記：

「薌潮」的演出形式是多種多樣的……有話劇，又有紙影戲。[14]

饒宗頤《抄本劉龍圖戲文跋》和龍彼得《朱文：一個皮（紙）影戲本》都以相當篇幅談論閩南語皮（紙）影戲本的「方音」和「方文」。饒宗頤謂：

劉龍圖寫本別字壘壘，如……太行山作太降山，唐山作長山……皆為潮音沿訛。其俗字或書偏旁……或訛其半體……皆字書所無，不特可推究方音，且保存「方文」（此謂 Local scipt，與方言實同樣重要），可為俗字譜添入不少資料，言小學者不應以其鄙俚而輕視之也。[15]

閩南語方言俗字通用於閩南語各種戲本、話本和歌冊，其構成包括生造字和「別字」（即擬音替代字）。龍彼得《朱文：一個皮（紙）影戲本》之《詞彙小錄》（Short Glossary）[16]所收「別字」（擬音替代字）略可分為三類。

1.同音替代字，如：

夭 iau，yet，still

[13] 引自陳虹：《歲月回眸》，第 11 頁，福州：海峽文藝出版社 1997 年 2 月版。

[14] 引自陳虹：《歲月回眸》，第 2 頁，福州：海峽文藝出版社 1997 年 2 月版。

[15] 引自《歐洲漢學研究會不定期刊》第 2 輯，第 74 頁。

[16] 見《歐洲漢學研究會不定期刊》第 2 輯，第 92 頁。

伊 i，he，she，his，her

那 na，only，if，when

2.近音替代字，如：

乜 mih，what，which

莫 boh，do not！

通 t'ang，may，should

3.俗讀音替代字，如：

只 tsi，this，these

阮 guan，we，my

赧 lan，we（inclusive）

龍彼得相當關注閩南語方言之潮音與漳音的區別，並試圖由此發現「我們的戲本（按，指閩南語皮[紙]影戲《朱文》的幾個抄本）」採用的是潮音或漳音。他說：

> 我們能不能發現使用的是哪種閩南方言呢？根據皮（紙）影戲的傳承，我們可以將研究範圍限制在漳州和潮州。另外，有些證據可能反映的是後來抄寫者、而非最初表演者的方言情況，我們不需要太重視這些證據。比如，我在注釋中列出的用「以」代替「與」，這兩個字只在漳州話中有相同的發音，容易混淆。類似的例子還有用「如」代替「而」。
>
> 韻律方面的證據應該更為突出，因為它們的出現有規律。劇中最常見的韻是-i，包括用鼻音和喉音的尾字，比如：pi 比，li 離，si 世，ki 期，pî 遍，tî 天，tsî 箭，kî 見，mih 乜，lih 裂，tsih 接。這些，還有其他許多字在潮州和

漳州話中都押韻。但是在-i 韻中有兩組字能夠證明，戲劇使用的更像是其中某一種方言（或方言類別）。第一組如下：

	去	語	閭
漳州	k' i	gi	li
潮州	k' ui	gui	lui

顯然漳州方言更為合適。但也不能不考慮潮州方言，因為「去」在《荔枝記》和《金花女》中都有-i 韻；「閭」在《金花女》和其他一些潮州歌冊中也有-i 韻。還有，海豐和陸豐方言中，這些字似乎也有-i 的尾音。第二組如下：

	妻	棲	繼	系	締	遞	第	地
漳州	ts' ei	sei	kei	hei	t' ei	tei	tei	tei
潮州	ts' i	si	ki	hi	t' i	ti	toi	ti

初看時，潮州發音似乎符合要求。但雙元音-ei 中的次元音也可能押韻，就像「金花女」常以- ui 押-i 韻一樣。[17]

又說：

由於證據不足，認定我們的戲本採用的是兩個主要方言中的一種是武斷的。還有可能的是，該劇採用了中立的舞臺語言；早期潮州方言；或是像潮安和今天雲霄（都在漳州

---

[17] 譯自《歐洲漢學研究會不定期刊》第 2 輯，第 87—88 頁，譯者汪思涵。

> 府南部）方言這樣的過渡方言，據說潮州語言和音樂在這些地方影響很大。[18]

龍彼得還注意到閩南語皮（紙）影戲本《朱文》裡的某些「官音」即文讀音。

實際上，交換使用潮音和漳音、文讀音和白讀音以合於押韻的要求，這是閩南語戲本、話本和歌冊常用的手法。

現在來談論皮（紙）戲表現形式上的一種優勢。我們以朱文、劉龍圖和上文已經提及的「漳屬影戲《烏鴉記》」為例。

龍彼得在《朱文：一個皮（紙）影戲本》裡首先介紹故事情節：

> 書生朱文與年輕女子同行赴京趕考。女子抱怨路途辛苦，只得決定暫留在一個尼姑庵裡。她給朱文一個繡盒作為定情信物，並提出在一個叫做史五雲的人開的大客棧裡同朱文會合。
>
> 在下一場景中，史五雲拿著祭品奠祭他剛去世的女兒一貼金。他回憶起十六年之前在鳳凰山求嗣怎樣如願；接著又哀歎他和妻子現在變得無兒無女。
>
> 朱文到了客棧，但想要趕快進京。於是他把繡盒託付給史五雲，解釋說這個繡盒是在鳳凰山附近草店遇見的女子所贈，而且儘管朱文已經結婚，這名女子仍要跟隨。史認出了繡盒，告訴朱文這個繡盒是他放進女兒棺材裡的。當朱

[18] 譯自《歐洲漢學研究會不定期刊》第 2 輯，第 89 頁，譯者汪思涵。

文看到他女兒的畫像時，就知道自己成為了鬼的受害者。這更堅定了他儘早離開的決心。朱文懊惱自己的經歷，但他在路上遇見了那名女子，她設法使朱文相信自己不是鬼。她告訴朱文，她並沒有死，只是在十六歲那年被發現與父母的星相相克，於是被送到鳳凰山修行。當父親聽說她與陌生人做出醜事，便決定當她如死了一般。儘管朱文覺得難以相信這個故事，他最終還是屈服於女子的魅力。欣喜重聚後的情侶又踏上了旅程。他們到了一個大寺廟，誰知住持是昆侖山的蛤蟆精。受到周到款待後，他們祈求神佛的保佑。住持看上了年輕的妻子，用毒酒害死了朱文。但他的妻子拒絕了住持的求愛並同他鬥法。儘管也能施升天法術，她還是鬥不過住持，於是她喚出土地神，詢問對手的身份。接著她喚出天上的護法將軍，在一場大戰後擒住了蛤蟆精。

朱文的妻子使朱文復生，告訴他自己是玉皇大帝派給他的仙女。現在期限已滿，在揮淚的場景中，她回到了天庭。這時，朱文真正的妻子在家中苦苦思念。而朱文則在離家三年之後高中狀元回了家。[19]

劉龍圖的故事梗概為：劉昉赴京參加考試。途中借宿於呂家。呂家主人名慶，妻已故亡，膝下只有一女，名喚玉姬，年方十六。呂慶計畫召婿上門。不料，當地南山古廟有一狗怪，每年

[19] 譯自《歐洲漢學研究會不定期刊》第 2 輯，第 75—76 頁，譯者汪思涵。

在當地強娶並殺害一名美女。今年厄運臨於呂玉姬。當晚，劉昉殺了狗怪。接著又釋放樟、柳、松三鬼，三鬼送劉昉竹馬（即一支竹子）。劉昉騎上竹馬，很快到了京城。經會試、殿試，喜得高中，官拜龍圖學士。居官期間，劉昉幾次騎竹馬回家私會妻子。父、母察覺。其母試騎竹馬，竹馬失其神效。劉昉施法術推延時間。回京後被貶，赴任潭州，大戰妖精。妖精附身於娘娘，設計陷害劉昉。觀音下降，劉昉獲救。奉旨回鄉，途中拜訪呂慶。回家團圓。

在朱文、劉龍圖和《烏鴉記》三個故事裡，朱文邂逅的女子施升天法術、騰雲駕霧在空中同蛤蟆精大戰，劉昉騎竹馬飛行於天上，烏鴉則按照劇情安排的時間和路線出場、鳴叫和飛行，這些場景在其它戲劇難以表現，於皮（紙）影戲則易如反掌。

臨末，我要特別對已故龍彼得教授表示深切的敬意。

龍彼得教授的學術生涯充分體現了嚴謹治學的精神，「學術界的朋友都知道，龍先生治學態度極其嚴謹，惜墨如金，片言隻語都不允許有任何歧異，有些時候幾乎近於苛刻」。[20]我們在《朱文：一個皮（紙）影戲本裡》也看到了龍彼得教授嚴謹治學事例。如，龍彼得教授提及「嘉慶二十四年臘月　日」勒石的台南《善濟殿重修碑記》時，準確地標其勒石之年為 1820 年（嘉慶二十四年為 1819 年，但嘉慶二十四年十二月初一日為 1820 年 1 月 26 日）。

龍彼得教授於 2002 年 5 月 22 日病逝，享年 83 歲。

---

[20] 鄭國權：《〈明刊戲曲弦管選集〉校訂本出版前言》，引自《明刊戲曲弦管選集》，卷首第 11 頁，北京：中國戲劇出版社 2003 年 11 月版。

願海峽兩岸學者共同紀念他，學習他，戮力推展閩南語皮（紙）影戲本之研究。

2005 年 7 月 24 日

《臺灣詩報》與現代時段的臺灣舊文學
——兼談史料解讀的三重取向

一、

1922 年 3 月，顧頡剛在《中學校本國史教科書編撰法的商榷》[1]一文裡舉出了一連串的「輕／重」雙元結構，如：記載全人類活動的普通史／完全的政治史、政治以外的各種社會的史料／政治史料、全人類活動的狀況／政治上的沿革系統、科學史藝術史的專材／普通史的通材、獨具隻眼的《論衡》／荒謬絕倫的緯書、正史官書／野史筆記、聖賢經訓／民間諺謠、官制的變遷／科舉的情況、國家組織／家庭組織、精心結構的文章／辭句粗淺的二黃和梆子、各代興亡／民族離合、記憶各時代的故事／求知各時

[1] 載《教育雜誌》第 14 卷第 4 號（1922 年 4 月）。

代的社會心理，以說明舊編中學中國歷史教科書畸輕畸重的缺點和新編中學中國歷史教科書宜輕宜重的要點。

吾人於此當試思之，臺灣現代文學史的研究是不是也有某些畸輕畸重的缺點、某些宜輕宜重的要點呢？

讓我借用顧頡剛式的「輕／重」雙元結構來答問。

就臺灣現代文學史研究的現狀而言，現代時段的臺灣舊文學／現代時段的臺灣新文學，乃是其畸輕畸重的缺點之一；關於現代時段的臺灣舊文學的成論／關於現代時段的臺灣舊文學的新證，則是一個宜輕宜重的要點。

我在《語言的轉換與文學的進程》[2]一文裡曾有關於「臺灣現代文學」的「澄清和說明」，略謂：

> 「臺灣現代文學」乃同「臺灣古代文學」、「臺灣近代文學」和「臺灣當代文學」並舉，而「臺灣新文學」則和「臺灣舊文學」對舉。
>
> 與此相應，臺灣現代文學作品包括了用文言寫作的作品、用國語（白話）寫作的作品和日語作品等，而臺灣新文學作品首先就排除了文言作品。

又謂：

> 有臺灣現代文學史論著對臺灣現代作家吳濁流的文言作品完全未予采認，對其日語作品，則一概將譯文當做原作、將譯者的國語（白話）譯文當做作者的國語（白話）

---

[2] 收拙著《閩台區域社會研究》，廈門，鷺江出版社2004年3月版。

> 作品來解讀。我們可以就此設問和設想，假若臺灣現代文學作品在寫作用語上的采認標準是國語（白話），文言不是國語（白話），文言作品固當不予采認；但日語也不是國語（白話），日語作品為什麼得到采認？假若日語作品的譯者也如吾閩先賢嚴復、林紓一般將原作譯為文言而不是國語（白話），論者又將如何措置？

將臺灣現代文學當做臺灣新文學，現代時段的臺灣舊文學自然不免輕視和排斥的遭遇，臺灣現代文學史研究自然不免「現代時段的臺灣舊文學／現代時段的臺灣新文學」之畸輕畸重的缺點。

另一方面，關於現代時段的臺灣舊文學似乎已有種種成論，某些論著亦似乎有約在先：提及現代時段的臺灣舊文學則一律語含貶抑。

這裡，我又有「澄清和說明」。這番是關於現代時段的臺灣舊文學的「澄清和說明」。

說來也是在 1922 年，沈雁冰在《小說月報》撰文表示，他反對將當時的「舊派小說」當做「中國舊文藝舊文學」的「代表」，因為這樣做「至少也要使在歷史上有相當價值的中國舊文藝蒙受意外的奇辱！我希望寶愛真正中國舊文學的人們起來辯正」。[3]

作為「中國舊文學」一部分的「臺灣舊文學」，也是「在歷

---

[3] 沈雁冰：《真有代表舊文學舊文藝的作品嗎？》，載《小說月報》第 13 卷第 11 號（1922 年 11 月 10 日）。轉引自《鴛鴦蝴蝶派研究資料》，上卷，第 44 頁，上海文藝出版社 1984 年 7 月版。

史上有相當價值的」。在現代時段，「臺灣舊文學」是不是也有其「相當價值」？對「臺灣舊文學」預設貶抑立場的研究得到的自然是貶抑的結論。

顯然，我們對於現代時段的臺灣舊文學的研究，不當從某些成論出發，而當從史料解讀入手、憑新證立說。

關於史料解讀，顧頡剛謂：

> 我們總要弄清每一個時代的大勢；對於求知各時代的「社會心理」，總要看得比記憶各時代的「故事」重要得多。[4]

在我看來，這句話裡有二層意思。一是史料解讀的三重取向，「弄清每一個時代的大勢」、「求知各時代的『社會心理』」和「記憶各時代的『故事』」乃是史料解讀應採取的三重研究方向，歷史上的時勢、人心和世事，一一當從史料求知；二是以「輕／重」雙元結構的方式，強調「求知各時代的『社會心理』」對於「記憶各時代的『故事』」的重要性。放棄「求知各時代的『社會心理』」的研究，等於放棄「記憶各時代的『故事』」方向上的真實性目標。

下文擬將「三重取向」之說貫徹於《臺灣詩報》（1924—1925）的解讀，從中取證以描述臺灣舊文學的若干情況。

---

4 顧頡剛：《中學校本國史教科書編撰法的商榷》，引自《教育雜誌》第 14 卷，第 4 號，第 4 頁。

二、

《臺灣詩報》創刊於 1924 年 2 月 6 日，由臺北星社（1914 年成立）同人編輯和發行。

我所見《臺灣詩報》包括創刊號（1924 年 2 月 6 日，剪貼本）、第 2 號（1924 年 3 月 20 日，剪貼本）、第 3 號（1924 年 4 月 20 日，剪貼本）、第 4 號（1924 年 5 月 20 日，剪貼本）、第 5 號（1924 年 6 月 16 日）、第 6 號（1924 年 7 月 10 日）、第 7 號（1924 年 8 月 12 日）、第 8 號（1924 年 9 月 15 日）、第 9 號（1924 年 10 月 10 日）、第 10 號（1924 年 11 月 16 日）、第 11 號及第 12 號合刊（1924 年 12 月 26 日）、第 2 年 1 月號（1925 年 1 月 25 日）、第 2 年 2 月號（1925 年 3 月 7 日）、第 2 年 3 月號（1925 年 3 月 28 日）和第 2 年 4 月號（1925 年 4 月 25 日），凡 15 本。

現在，我們來看《臺灣詩報》裡的臺灣舊文學「故事」，以及與此相關的 1924—1925 年的「時代大勢」和「社會心理」。

1.詩社和詩社活動

《臺灣詩報》之「詩界聲息」、「各社詩課」、「擊缽錄」等欄目涉及的臺灣詩社包括：星社、潛社、樸雅吟社、寶桑吟社、柏社、高山文社、萃英吟社、劍樓吟社、淡北吟社、小鳴吟社、瀛社、篁聲吟社、旗津吟社、樗社、礪社、嘯洋吟社、天籟吟社、桃社、西瀛吟社、石津吟社、南陔吟社、尋鷗吟社（鷗社）、鳳崗吟社、汾津吟社、以文吟社、吟香社、大冶吟社、鷺社、杏社、白鷗吟社、南社、酉山吟社、東墩吟社、桃園吟社、三友吟會、桐侶吟社、青蓮吟社、竹社、聚奎吟社、華英吟社、白沙吟社、鐸聲吟社、艋津鶴社、礪石吟社、雙溪吟社、應社，凡 46 個。至於各社規模，據《臺灣詩報》第 5 號之《白鷗吟社社員錄》，白鷗吟社社友 25 人；據《臺灣詩報》第 6 號之《西瀛吟社設友錄》，西瀛吟社社友 52 人；據《臺灣詩報》第 9 號之《詩界消息》之「瀛社改組成立，新舊社員 80 餘名」，瀛社社友 80 餘人；據《臺灣詩報》第 10 號之《石津吟社社員錄》，石津詩社社友 12 人，另據《臺灣詩報》第 7 號、第 8 號、第 10 號之《本社會員領收發表（一年份）》（即《臺灣詩報》1924 年全年度訂閱者名單），《臺灣詩報》1924 年全年度訂閱者為 283 人，此 283 人被視為《臺灣詩報》社的「會員」。應該注意的是，此 283 人中的「黃氏秀英」、「蔡氏月華」、「顏江氏仁君」、「陳氏鳳子」乃是女性會員。「黃氏秀英」並且是《臺灣詩報》社的作者。《臺灣詩報》從創刊開始就設有《閨秀詩壇》欄，專載女性作者的作品，蔡月華以及王香禪、李德和等多人是該欄目的作者。

《臺灣詩報》創刊號之《詩界聲息》記星社 1924 年正月十三日下午的活動云：

> 三時頃擬題，寒牙陽韻，每人賦絕句二首，四時半交卷得詩數十首，謄錄後，推張純甫、黃水沛二君，當選閱之任，少刻榜發，張純甫、高肇藩掄二元。逐次臚唱，林君其美呈與贈品。既畢，新月初上之句，乃啟吟宴，相將入席，亦是以暢敘幽情，盡歡至九勾鐘散會云。

上記限題、限韻、限題、限時，「選閱」即「主評甲乙」，「逐次臚唱」即「宣唱聯句」等詩社活動的傳統形式，同近代時段的情形[5]相比一成不變，但以「鐘」(「綴錢於縷，系香寸許，承以銅盤，香焚縷斷，錢落銅盤，其聲鏗然，以為構思之限，故名詩鐘，即刻燭擊缽之意也」[6])、缽計時，已改為用時鐘計時也。

2.作品和作品用語

《臺灣詩報》所刊詩、詞、文、詩鐘、詩話、聯語、謎語、小說各體作品，除白話小說《偵探鴛鴦》外，均以文言寫成，其中詩的部分在用韻方面相當嚴格，一一合於古韻。

然而，古韻並不一一合於現代詩韻。《臺灣詩報》裡的某些詩作，用國語（白話）吟唱或誦讀，是不完全押韻的；用閩方言（包括閩南語）吟唱或誦讀，則完全押韻。

例如，《臺灣詩報》第 2 號有《白秋海棠》(德和女史）詩曰：

> 閨房寂寂掩重門，相伴冰肌玉一盆。涼月西風成獨對，花光人影共銷魂。頗多綠慘淒清態，絕去嫣紅點染痕。妝閣不須銀燭照，斜陽庭院未黃昏。

詩中門、盆、魂、痕、昏均是古韻上平十三元里的常用字。用國語（白話）吟唱或誦讀，門、盆、痕押[ē]韻，魂、昏押[un]韻；用閩南方言之閩南語吟唱或誦讀，門、盆、痕、昏押[un]韻，可謂一韻到底也。

---

5 請參見拙著《臺灣社會與文化》，第 168—170 頁，福州，海峽文藝出版社 1994 年 9 月版。

6 引自徐珂：《清稗類鈔》，第 8 冊，第 4007 頁，北京，中華書局 1986 年 3 月版。

又如，《臺灣詩報》第 5 號有《敬呈月華女史並乞和章》（蔡氏旨禪）詩曰：

久仰蘭閨學博通，清高品格出人中。愧儂襪線期和契，唯有深深拜下風。

是詩通、中、風押古韻之上平一東韻。用國語（白話）唱、讀，通、中押[ɔŋ]韻，風卻是[ē]韻；用閩南語唱、讀，通、中、風押[ɔŋ]韻。

又如，《臺灣詩報》第 6 號有《暮春寫懷》（笑儂）詩曰：

一春放浪只吟詩，嘔出心肝獨是兒。今日已無燕國使，悲鳴伏櫪有誰知。

是詩之兒用閩南語白讀音，知用閩南語文讀音，則合於詩、兒、知之[i]韻。

又如，《臺灣詩報》第 9 號所刊《北台冶遊》（蕉卿）有詩曰：

案幾湘簾不染塵，畫樓深鎖彩雲新。尋春莫怨芳林晚，猶是人間未嫁身。

是詩用閩南語唱、讀，新、身押[in]韻。又有詩曰：

巾幗鬚眉遇合奇，人間七夕是佳期。鳶肩火色英雄慨，無奈多情好女兒。

是詩用閩南語唱、讀，奇、期、兒始合於[i]韻。

又如，《臺灣詩報》第 9 號有《芝山岩》（寄民）詩曰：

> 有約來尋筆墨痕，沖炎步入士林村。數間稻隴紅瓦屋，一片芝山白石門。頗羨寺僧得閒福，幾忘居士市虛恩。吾人非不貪幽隱，松菊猶難理故園。

是詩為首句入韻的七律，痕、村、門、恩、園押上平十三元韻。用國語（白話）吟唱或誦讀，痕、村、門、恩押[ē]韻，園的讀音卻是 yuán，在詩中是不合韻的；用閩南方言吟唱或誦讀，痕、村、門、恩押[un]韻，園押[ŋ]韻，[un]、[ŋ]均屬於鼻化韻，是押韻的。

黎錦熙《國語運動史綱》記：

> 清雍正六年（1728）上諭：「朕每引見大小臣工，凡陳奏履歷之時，唯有閩廣兩省之人，仍系鄉音，不可通曉……應令福建廣東兩省督撫，轉飭所屬府、州、縣有司及教官，遍為傳示，多方訓導，務使語言明白，使人通曉，不得仍前習為鄉音」。故當時督、撫遵諭飭屬建此正音書院。[7]

歷史上，閩方言區內書院、學堂的教學用語多是方言，如曾憲輝《林紓》一書記：

> 清季福建在北京身居尚書、侍郎、御史、翰林者不下二十餘人，為方便子弟入學，光緒丁未（1907）公議設立閩學堂，校址在宣武門閩會館，首任監督為莆田江春霖……林紓在閩學堂授國文課，每週四小時，全用福州方言，朗誦

---

[7] 引自黎錦熙：《國語運動史綱》，第 26—27 頁，上海，商務印書館 1934 年版。

古文手舞足蹈。[8]

又如，陳榮嵐、李熙泰《廈門方言》記：

> 中國學校歷來有「官學」和「私學」之分，「官學」又可分為「國學」（京師官學）和「鄉學」（地方學校）兩種。在共同語尚未達到普及程度時，且不說那些私塾以「꜀lin si^{2}꜀laŋ」（意思是說「人」這個字，文讀音是[꜀lin]，白讀音是[꜀laŋ]）這樣的文白兼用的方式來教學，就是官方辦的學校（尤其是設置於本地的學校）也難於排除官話和方言同時作為教學語言的情形。[9]

閩方言（包括閩南語）裡有相當多的古語、古音的遺存，故用閩方言可以吟唱、誦讀乃至教學文言作品。學文言卻「習為鄉音」的情況，在臺灣一直延續到 1945 年臺灣光復、延續到臺灣的國語運動興起之時。

從《臺灣詩報》看，用文言寫作的臺灣現代作家有相當部分是透過方言學習文言、又用方言吟唱或誦讀文言作品的。

---

[8] 引自曾憲輝：《林紓》，第 169 頁，福州，福建教育出版社 1993 年 8 月版。

[9] 引自陳榮嵐、李熙泰：《廈門方言》，第 56 頁，廈門，鷺江出版社 1994 年 1 月版。

三、

3.時代和「時代大勢」

「日據時期，兩岸隔絕」是不合歷史實際的說法，但此說常被用於描述日據臺灣時期的時代限制。受此說誤導，現代時段的臺灣舊文學同現代時段的大陸舊文學之間的關聯，往往被學者們所忽視。

我們從《臺灣詩報》可以讀到諸如《題江博士〈臺灣遊記〉》、《冬日大陸野行》、《聽純甫述閩中旅況》和「我遊大陸汝心憂」等兩岸人員往來的記錄。據廈門海關的檔案資料，經廈門海關出／入臺灣的人員，1924 年是 6074／6468 人，1925 年是 6374／6112 人。另有從其他口岸出入臺灣和以私渡方式出入臺灣的人員。[10]

我們從《臺灣詩報》也可以發現有關臺灣舊文學同大陸舊文學相關聯的證據。

《臺灣詩報》第 11—12 號合刊於《文字因緣》欄下刊登《中華民國江蘇省口岸、埔頭合作社特刊之啟事》，是江蘇口岸、埔頭合作社為編錄海內外詩詞合集《靈珠集》發佈的廣告；又刊登《文藝出版物介紹》，為 15 種文藝刊物的簡目：

《綺窗》（北京六界局太僕寺街）

《日本詩人》（東京牛口區新潮社）

《鶯鳴》（江蘇清江南門大街）

---

[10] 請參見拙著《閩台緣與閩南風》，第 16 頁，福州，福建教育出版社 2006 年 7 月版。

《朝曦》（福建泉州塗山街）
《雪花》、《白雪》（蘇州木瀆白社）
《盛澤》（江蘇盛澤陽春街）
《友聲》（蘇州三茅觀巷）
《盍簪》（上海白光路登賢裡）
《春報》（盛澤紅木橋）
《蘭友》（杭州大塔山巷蘭社）
《木鐸週刊》（蘇州木瀆城）
《婦女旬刊》（蘇州豐樂橋）
《春明月刊》（北京春社）
《小詩界》（福州樟湖阪）
《詩林》（東京隨鷗吟社）

上記各刊除《日本詩人》和《詩林》為日本的漢文學刊物外，其餘多為中國大陸的舊文學刊物（或稱「民國舊派文藝期刊」）。如鄭逸梅《民國舊派文藝期刊叢話》記：

> 《盍簪》月刊，張舍我編。白克路登賢里七二五號盍簪社發行，第一期出版於一九二三年。封面袁寒雲書，丁慕琴畫。內容有小說，舍我、卓呆、放庵、淚鵑、述禹執筆；有筆記，琴影、蝶醒、富華、娛萱執筆。其他如菊蝶、幻音的雜作，郁郁生的評劇。一期止。[11]

20餘年前，我曾在《福建現代文藝期刊聞見錄》[12]裡將《朝

---

[11] 引自《鴛鴦蝴蝶派研究資料》，上卷，第435頁。

[12] 載《福建新文學史料集刊》，第1輯，中國作家協會福建分會、福建師範

曦》作為現代時段的舊文學刊物予以介紹。

我藏有《朝曦》第6期（甲子秋號，1924年11月7日出版）之影印本。從中可知如下情況：

（1）《朝曦》創刊於1923年夏，1924年秋出至第6期。曾文英編輯。

（2）朝曦為泉州兢社的同人刊物。泉州兢社社長兼總編輯為曾文英，社址在「泉州城內塗山街八十七號」，1924年有社友58人，該社宗旨為「保存國粹，娛樂性靈」。

（3）《朝曦》第6期辟有「詩圃」、「詩林」、「祝詞」、「言論」、「小說」、「叢談」等欄，所刊作品皆以文言寫成。

（4）《朝曦》第6期刊有江蘇口岸、埔頭合作社擴充《靈珠集》「徵文例」的《合作特別啟事》，文稱：「敝社以本社第三次社友大會公決擴充徵文例，並議將臺灣詩社之《詩萃》……福建情社之《小詩界》……泉州兢社之《朝曦》……清江鶯鳴社之《鶯鳴》……蘇州友社之《友聲》……盍簪社之《盍簪》……蘇州木鐸社之《木鐸週刊》、盛澤淵淵社之《盛澤》、白社之《白雪》雜誌，各社友之大作散見於各報者，本報敝社一例擇尤（優）選入敝集，俾成一有價值之巨著」。

《臺灣詩報》刊登大陸舊文學社團的廣告、介紹大陸舊文學期刊，大陸舊文學社團將臺灣各詩社的《詩萃》列入其「徵文」範圍，是其時海峽兩岸舊文學相關聯的明證。

《臺灣詩報》在林紓逝世（1924年10月9日）前後，於第

大學中文系1982年5月編印，非版本圖書。

4號、第9號、第10號、第11－12號合刊、第2年2月號多次刊登林紓的作品，此亦可說明其時臺灣舊文學接近和接受大陸舊文學代表人物的情形。

此外，《臺灣詩報》所刊《五百元手指》（按，「手指」在閩南裡有「戒指」的義項）、《蘭閨韻事》、《偵探鴛鴦》、《鴨母王別傳》等小說，均可列入《民國舊派小說史略》[13]（范煙橋）一類提要或目錄類著述，其中《蘭閨韻事》、《偵探鴛鴦》是典型的「鴛鴦蝴蝶派」小說。

上記情況可以從一個側面說明，在現代時段、在1924—1925年間，臺灣舊文學同大陸舊文學的關聯並不因日據臺灣當局的設限而「隔絕」，此其「時代大勢」之一方面也。

當然，我們從《臺灣詩報》也可以看到當年的某些條件限制。

星社和《臺灣詩報》社的執牛耳之人張漢（寄民，純甫）在《臺灣詩報》第2年第2號的一則按語裡寫道：

> 右諸篇明白曉暢，雅俗共賞。孰謂漢文必堆砌典故而始佳哉。竊謂中國文字之統一，由來已久。今反欲破壞之，而提倡義少辭費音異之新體白話文，使人厭見，且不易解者何也……蓋方言譯音之文字，其所以不能長存者，以聲音有時而改，語言有時而差，且各地方口音各異，俗諺滋多。閩、粵、滇、黔、湘、皖、江、浙以外各省，無一能同其音，即閩之漳、泉、汀洲、興化，亦皆差別。而謂用偏枯之白話文，即可以統一中國文字乎。

13 收《鴛鴦蝴蝶派研究資料》。

張漢贊同新文學宣導者「不用典」的主張，並且意識到推行一種能夠通行於「閩、粵、滇、黔、湘、皖、江、浙」及其「以外各省」，在一省之內如閩省又可以通行於「閩之漳、泉、汀洲、興化」各地的「統一」的語言即「共同語」的必要性。但是，他對清末民初以來國語運動的進程和進展顯然一無所知。當時，北方方言已經被認定為「各省通行之語」即「國語」（國家共同語）的基礎在大陸各地逐步推廣和普及。張漢卻將在大陸已有相當普及程度的「國語」當做「偏枯」於一方的「方言」來看待，此乃國語運動尚未推行及於臺灣的時代局限使然。

4.作家和「社會心理」

《臺灣詩報》創刊之初，眾多的臺灣舊文學作家以「祝《臺灣詩報》」為題，表達了「延一線斯文於不墜」的期許和自負。

黃贊鈞《祝臺灣詩報初刊》謂：

> 慨自科舉不興，文章衰墜，老師宿儒，久風流而雲散；後生小子，孰面命而耳提。魯殿靈光，千鈞一髮；洋家雜說，萬派千條。較秦火而愈烈，劫盡成灰。歎吾道之全非，淚空滴血。幸而詩學彌盛，秋月春風，不少騷人之興，敲金戛玉，猶多逸士之吟。攻錯有心，山還石借，琢磨不懈，玉可器成，蓋斯文之賴以維繫，而後學之倚為津梁者，久已存於詩、而不得不重視夫詩矣。[14]

[14] 引自《臺灣詩報》第1號（1924年2月6日出版）。

蔡伯毅《臺灣詩報成立題序》謂：

吾台詩社，自數年來，多如雨後筍，雖天之不絕斯文，亦眾人之志趣，固有風雅存於其心者……況此報關乎吾台漢學之前途不尠，余往矣，一瓣心香，尤為祈禱不置。[15]

歸鴻《祝臺灣詩報發刊（調寄五采結同心）》詞曰：

滄桑變換，漢學衰微，千鈞一髮垂危。高閣文章束，淵源道統，問孰是維持。還虧天未斯文喪，後死後生得與知。費許多精神魄力，蒐羅討論編詩。
雅雜佳章燦燦，賴風流白社，總括無遺。網采珊瑚，囊收珠玉，都麗句新詞，也知道群怨興觀備。感吾道不疲，從此後人心世道，料應定此無虧。[16]

劉以廉《祝臺灣詩報創刊》詩曰：

歐學已東漸，漢學將西沉。有人懷孔孟，重振唐宋音。風紀雖淪亡，褒貶藉良箴。況復詩報創，滿紙盡琅琳。我願諸同人，且勿廢高吟。今日之天下，匹夫亦有任。力共狂瀾挽，一髮千鈞森。斯文如不替，當見古猶今。[17]

曾彝延《祝詩報創刊》詩云：

---

[15] 引自《臺灣詩報》第 1 號（1924 年 2 月 6 日出版）。
[16] 引自《臺灣詩報》第 2 號（1924 年 3 月 20 日出版）。
[17] 引自《臺灣詩報》第 2 號（1924 年 3 月 20 日出版）。

> 從此文風一線延，斯文繼替續前賢。維持大雅寧無地，賴挽狂瀾尚有天。已盡秦灰復斷簡，猶存魯壁保遺篇。衰頹趁起重興日，深祝刊本續永年。[18]

周士衡《祝臺灣詩報發刊》詩云：

> 老天將喪斯文日，賴汝維持一線長。滄桑今無遺失感，珠璣集得滿縑緗。[19]

上記各章各以「斯文之賴以維繫」、「天之不絕斯文」、「天未斯文喪」、「吾道不疲」、「斯文如不替」表達在日人據下「維繫」中國文化於「不絕」、「不疲」、「不替」的心志。

老鈍《暮春閱某遊記有作（八首）》有句云：

> 文人多結習，擊缽慰無聊。違心發歌頌，無源行自消。所貴讀我書，一線續迢迢。[20]

此寥寥數句，尤可概括其時臺灣舊文學作家的「社會心態」：在日據臺灣當局同化主義政策的重壓之下，不得已而藉結社聯吟、「擊缽」催詩的活動方式「讀我書」、使中華文化得以延續久遠！

---

[18] 引自《臺灣詩報》第 2 號（1924 年 3 月 20 日出版）。
[19] 引自《臺灣詩報》第 2 號（1924 年 3 月 20 日出版）。
[20] 引自《臺灣詩報》第 1 號（1924 年 2 月 6 日出版）。

四、

鑒於《臺灣詩報》涉及數十個詩社和數百名作家，我們有理由認為，《臺灣詩報》是當年臺灣舊文學的核心刊物之一。

根據從《臺灣詩報》取得的有關臺灣舊文學「故事」、1924—1925 年的「時代大勢」和「社會心態」的證據，我們有理由推論，現代時段的臺灣舊文學是有「相當價值」的：眾多的臺灣作家（包括部分女作家）共同熱衷於用文言寫作，共同熱衷於在結社聯吟的活動裡「讀我書」、「維持」、「吾道」，即研修和延續中國文化，這對於日據臺灣當局的同化主義政策是一個集體的抗議，現代時段的臺灣舊文學在文化上的反抗意義應予肯定；現代時段的臺灣舊文學同大陸舊文學有關聯、亦有區別，由於時代的局限、由於國語運動尚未推行及於臺灣、由於臺灣的國語（白話）普及率很低，臺灣舊文學作家主要是因為不能、而非不願用國語（白話）寫作；現代時段的臺灣舊文學作家基本上屬於「寶愛真正中國舊文學的人們」，對於「延一線斯文於不墜」的期許和自負，是其共同的「社會心態」。

此一推論尚待同道諸君深入論證（包括駁論反證）使得成立也。

2006 年 7 月 21 日夜記於福州寓所之涵悅齋

《台海擊缽吟集》史實叢談
——兼談臺灣文學古籍研究的學術分工

一、

本文討論的《台海擊缽吟集》係臺灣學界友人寄贈的影印本。全書凡 96 頁（各頁又分 a、b 頁），包括卷首之《台海擊缽吟集・序》（蔡啟運撰）2 頁（序之 2b 為空白頁）、《同人齒錄》3 頁、正文 91 頁（正文之 31a、31b 缺頁）；正文之 1a 頁於《台海擊缽吟集》書名之下署「新竹蔡汝修編輯」；書為活字排印本；書之出版時間、印刷商家均未署明。

卷首之《台海擊缽吟集・序》謂：

> 光緒丙戌，余與吾竹諸友倡立竹梅吟社而為擊缽之舉。初尚吟侶寥寥，繼則聞風至者甚多。月夕花晨，爐香碗茗，刻燭命題，擲箋鬥捷，僉謂後起風雅不減晉安。己丑後，

或則應官遠去，或則作客他方，甚有騎鯨長辭相繼而赴修文之聘者。吟壇樂事，於焉中止。甲午春，陳君瑞陔禮闈報捷，錦旋後復與余興懷前事，雅訂後期，正擬大會衣冠，重整旗鼓，不謂良緣有限，盛事難逢。當天心爛醉之時，正海水群飛之日。江山無恙，風景全殊。城郭依然，人民非舊。欲求昔日之晨夕過從，詩酒從事者，不可復得。臺山蒼蒼，閩海茫茫，此恨其將曷極耶！所幸曩時所作，剩稿猶存。再三展讀，覺吉光片羽，愈見可珍。雖以良朋星散，天各一方，而往事上心，恍然如昨。則夫出諸劫火之餘，而留此泥痕之跡者，豈蒼蒼者亦有所呵護於其間耶，爰令兒子汝修錄而藏之。凡諸君子之名姓、里居悉載於右。其詩之多寡，或一二篇，或數十篇，各隨乎遇之先後，聚之常暫，非敢以意為去取也。名之曰《台海擊缽吟集》，共四百餘篇。後之君子取是集讀之，將應求之，感諒有同，而文獻之征，此亦一事也。

歲次戊申仲春穀日　客村蔡見先啟運題序

從上記序文看，《台海擊缽吟集》編於戊申即 1908 年，收詩範圍為丙戌至己丑即 1886—1889 年間臺灣新竹竹梅吟社同人的「擊缽吟」(即限時、限題、限韻之「擊缽催詩」創作活動的作品)。

由此發生了一種誤解：《台海擊缽吟集》出於 1908 年，是書為 1886—1889 年間竹梅吟社同人的擊缽吟彙編（近 20 年前，我在《擊缽吟：演變的歷史與歷史的功過》[1]一文裡亦曾傳訛，並且誤其書名裡的「台海」為「臺灣」，本人於此深感愧疚）。

實際上，《台海擊缽吟集》的出版時間不是 1908 年，其時當不早於 1911 年。因為《台海擊缽吟集》涉及的史實裡至少有 3 件乃發生於 1911 年：

1.《台海擊缽吟集》收有月樵的《詠鄭貞女詩》（第 47b 頁）和選閑、燗南的同題《輓鄭慧修貞女》（第 40b、48a 頁）詩各 1 首，鄭慧修是新竹詩人鄭香谷的胞妹，1911 年病逝。

2.《台海擊缽吟集》第 91 頁附錄台南南社社長趙鐘麒（雲石）的《輓櫟社社長新竹蔡啟運先生》（七律）四首。蔡啟運於 1911 年 4 月 22 日病逝。

3.《台海擊缽吟集》收梁任公（啟超）《相思樹》（第 9b 頁）、《夕佳亭》（第 41a 頁）、《猩心木》《第 54a 頁》、《木棉橋》（第 55a 頁）、《考槃軒》（第 62b—63a 頁）、《荔支島》（第 66a 頁）、《擣衣澗》（第 70a 頁）、《五桂樓》（第 79a 頁）、《千步磴》（第 79a 頁）等詩凡 9 首，均屬於梁任公的「遊台詩」。梁任公於 1911 年 3 月 28 日至 4 月 12 日遊歷臺灣。

《台海擊缽吟集》的收詩範圍亦不囿於 1886—1889 年間台中櫟社同人的擊缽吟，還包括了 1889 年以後、櫟社擊缽吟以外的作品。

例如，《台海擊缽吟集》收丘逢甲《索畫梅花》（第 83a 頁）詩云：

---

[1] 收拙著《臺灣近代文學叢稿》，福州，海峽文藝出版社 1990 年 7 月版。

江山跌宕臥中游，向晚南枝憶故邱。憑仗春風一枝筆，扶持鄉夢到羅浮。

據我所知，丘逢甲此詩寫於 1891 年，是向其好友許南英的索畫詩。

許南英《窺園留草》[2]收有《邱仙根工部以詩索畫梅，用其原韻應之。時仙根掌教崇文書院而余辭蓬壺書院之聘》詩云：

講學輸君據上遊，偷閒讓我占林邱。一枝圜點淋漓筆，寫作梅花淡墨浮。

索梅想欲夢同遊，不怕林逋錯老邱。一首新詩名士聘，分來半樹暗香浮。

《窺園留草》卷首之《窺園先生自訂年譜》則於（清光緒）「十七年辛卯」（1891）條下記：

聘先生掌教蓬壺書院辭未就轉薦蔡玉屏孝廉。

丘逢甲《索畫梅花》不是 1886—1889 年間的作品、不是擊缽吟，丘逢甲也不是櫟社社友。

又如，集中收澐舫即施士潔《庚戌除夕》（第 15b—16a 頁）詩云：

客中一十七除夕，今夕愁來不可除。吾國少年吾老矣，忍拋舊學說新書。

[2] 北平和濟印書局 1933 年版。

此詩乃是施士潔《庚戌除夕，鷺門提帥公署梅花盛開。坦公時在幕中，折贈數枝，以為寒齋清供並索償詩》六首之一，詩收《後蘇龕全集》。[3]

庚戌為 1910 年。施士潔不屬於櫟社、其《庚戌除夕》亦不屬於擊缽吟。

此外，蔡啟運序文稱《台海擊缽吟集》收詩「共四百餘篇」，我所見《台海擊缽吟集》（31a、 31b 缺頁）收詩 553 首。

看來，《台海擊缽吟集》的編輯、出版過程大致如是：1908 年，蔡啟運將 1886—1889 年間竹梅吟社的擊缽吟存稿 400 餘首交由其子蔡汝修編輯，並撰寫了序文；蔡汝修於編輯過程中擴大收詩範圍，《台海擊缽吟集》遂成為一部收詩 500 餘首的臺灣舊詩總集（所收詩除附錄《挽櫟社社長新竹蔡啟運先生》外，均為七言絕句）；書於 1911 年 4 月 22 日蔡啟運逝世以後始交付出版。

二、

《台海擊缽吟集》所收林癡仙的部分擊缽吟，亦見於其《無悶草堂詩存》[4]。

1931 年，傅鶴亭為《無悶草堂詩存》撰序稱：

> 客年春，君之從弟林君獻堂敦囑錫祺陪同社陳君懷澄、陳君聯玉同事選輯，尅期梓行。憶君在日，一詩之出，人爭傳誦，今則詩猶是也，似無須強為去取。然於適興之作或

---

[3] 《臺灣文獻叢刊》第 215 種。

[4] 《臺灣文獻叢刊》第 72 種。

> 擊缽之吟，則亦有以毋錄為議者，因以勉從割愛。

同年，林獻堂為林癡仙詩集《無悶草堂詩存》撰序亦稱：

> 回憶三十年前，兄嘗以擊缽吟號召，遂令此風靡於全島。有疑難之者，兄慨然曰：「吾故知雕蟲小技，去詩尚遠，特藉是為讀書識字之楔子耳」。嗟呼！兄非獨擅為擊缽吟已也，且今之無悶草堂集中，亦體兄之意，不錄擊缽吟。

實際上，《無悶草堂詩存》並非完全不錄擊缽吟。

茲從《台海擊缽吟集》取證而言之。

1.《台海擊缽吟集》第 6b—7a 頁收有林癡仙、賴悔之、蹈刃、林仲衡的同題（《觀獲稻》）、同韻（二冬）詩各一首，林癡仙詩云：

> 打稻家家趁早冬，寒郊遊眺一攜笻，村童拾穗歸來晚，笑指斜陽掛運峰。

本詩顯系擊缽吟之作。《無悶草堂詩存》第 135 頁收《觀獲稻》二首，其第一首即是本詩。

2.《台海擊缽吟集》第 9a 頁收有林癡仙、林南強的同題（《舊曆日》）、同韻（四支）詩各一首。林癡仙詩云：

> 不分匆匆正朔移，案頭舊曆忍重披。分明一卷陶潛集，甲子前朝紀義熙。

本詩顯系擊缽吟之作。《無悶草堂詩存》第 141—142 頁收《舊曆日》二首，其第二首即是本詩。

3、《台海擊缽吟集》第 53b—54a 頁收有蔡啟運、林癡仙的同題（《寄外》）、同韻（十一先）詩各一首。林癡仙詩云：

欲拈班管淚漣漣，家累驅人各一天。細說米鹽郎亦厭，迴文詩附浣花箋。

本詩顯系擊缽吟之作，詩以婦人寄語外子的口氣寫作。《無悶草堂詩存》第 123—124 頁收《代寄外》三首，其第二首即是本詩。

4、《台海擊缽吟集》第 89a 頁收有林癡仙、林幼春的同題（《范蠡》）、同韻（十五鹹）詩各一首。林癡仙詩云：

沼吳功就卸朝衫，三徙成名更不凡。越國黃金空鑄像，江湖已署散人銜。

本詩顯系擊缽吟之作。《無悶草堂詩存》第 133 頁收有本詩。

《台海擊缽吟集》第 44a 頁收戴還浦的《爛時文》詩云：

浸淫十載歎儒酸，八比當時欲廢難。文運分明關國運，神州糜爛一般看。

是詩記錄了中國科舉考試改「八比」為「策問」的變革。1901 年，清廷下令實行「新政」，其中包括：

自明年為始，鄉、會試頭場試中國政治、史事五篇，二場試各國政治、藝學策五道，三場試四書義二篇、五經義一篇，考官評卷，以定去取，不得只重一場。生童歲、科兩考，仍先試經古一場，專試中國政治、史事及各國政治、藝學策論，正場試四書義、均以中國政治、史事及各國政藝學命題。[5]

中國的秀才、舉人和進士從此有「八比」和「策問」之分。據《台海擊缽吟集》卷首的《同人齒錄》，戴還浦為「新竹縣學附生」。其功名應該是 1895 年以前取得的，屬於「八比秀才」。戴還浦贊同廢除八比（即八股）的科舉考試改革，並且心繫祖國的命運。

《台海擊缽吟集》卷首之《同人齒錄》記：

陳浚芝，字士芬，一字樹冬，新竹縣廩生，壬午舉人，甲午進士，五品銜。

《台海擊缽吟集》（31a、31b 缺頁）收陳浚芝詩凡 54 首，其中《新筍》、《觀榜》事關科舉考試。

《台海擊缽吟集》第 39a 頁收陳浚芝《新筍》詩云：

第一春光屬此君，疏疏密密獨離群。幹霄自是他年事，出得頭來已幾分。

第 24a 頁收其《觀榜》詩云：

桂花消息果誰佳，觀榜紛紛遍六街。我卻泥金閑待報，不須走馬逐同儕。

---

[5] 引自謝青、湯德用：《中國考試制度史》，第 291 頁，合肥，黃山書社 1996 年 2 月版。

王友竹《台陽詩話》謂：

> 吾竹竹梅吟社之盛，於光緒初為盛。陳瑞陔貢士（浚芝）未第時，詠新筍云：「幹霄自是他年事、出得頭來已幾分」。未幾，果舉於鄉，遂成甲午進士。[6]

陳浚芝才高自負，科舉路上仍多艱辛。

陳浚芝於 1882 年中為舉人後，接連應光緒十二年丙戌科（1886）、光緒十八年壬辰科（1892）、光緒十五年乙丑科（1889）、光緒十六年庚寅恩科（1890）、光緒十八年壬辰科（1892）、光緒二十年甲午恩科（1894）歷科會試，前四次均報罷出都，最後一次取為貢士，但因故未應殿試。1898 年，陳浚芝再度入京，補行殿試，終於中為光緒二十四年戊戌科（1898）三甲第一百八十四名進士。

附帶言之，與陳浚芝差不多同時，黃柏樵也有類似的科舉故事。

民國《霞浦縣誌》記：

> 寧德黃柏樵農部為諸生時，肄業郡城溫麻藝塾，每試則冠其曹。光緒戊子鄉闈，自負必售，比榜發，只中同舍生一人，柏樵賀以詩，有「不愁祖逖著鞭先」之句。及辛卯大比，或叩以，自信曰：「可有七八成」。是科霞浦登鄉薦者三人，柏樵仍報罷，人遂以「八成孝廉」戲之。柏樵聞之

[6] 王松：《台陽詩話》，引自《臺灣文獻叢刊》，第 34 種，第 9 頁。

曰：「異日始信文章有價。」未幾，果鄉、會連捷。[7]

《台海擊缽吟集》第 34a—34b 頁於《天然足》題下收鄭毓臣詩二首、蔡惠如詩一首。

鄭毓臣詩云：

雙弓羅襪宗西式，女界年來脫苦辛。睡國何曾封故步，自由花現自由身。

又云：

女界文明局一新，羞將束縛損天真。潘家蓮瓣楊家襪，今日何人肯效顰。

蔡惠如詩云：

步趨自在女兒身，阿母偏虞俗了人。不羨歐西尚腰細，豈容蓮瓣失天真。

賈伸《近今之天足運動及其沿革》謂：

我國近今的天足運動，可以顯出三種趨勢：（一）同光以前是鼓吹醞釀時期，同光以後是實行成熟時期；（二）甲午以前是官家個人行動，甲午以後是民眾團體的活動；（三）戊戌以前是少數人的覺悟，戊戌以後是普遍的覺

---

[7] 引自民國《霞浦縣誌》，下冊，第 499 頁，福建省霞浦縣地方誌編撰委員會 1986 年 4 月整理本。

悟。[8]

隨著大陸天足運動的推展，臺灣民眾也逐漸發生覺悟。據林維紅《清季的婦女不纏足運動（1894—1911）》一文的研究，1900年創辦的臺北縣天然足會有會員600餘人；1902年前後創辦的台南天足會總會設於台南，鳳山、嘉義各立一支會。[9]

鄭毓臣、蔡惠如的《天然足》詩是清末天足運動、亦是女權運動的史料。

《台海擊缽吟集》第81b—82a頁收鄭珍甫《老婢》詩云：

薄命如花不自愁，泥中逢怒幾春秋。添香掃地無多事，且伴經神到白頭。

此詩揭露的乃是清末臺灣禁錮婢女的社會問題，詩中的「老婢」屬於被主家耽誤嫁齡、被主家剝奪了婚姻生活甚至性生活權利的怨曠婢媼。此詩亦事關女權，當受到研究者注意。

三、

《台海擊缽吟集》第9a頁於《舊曆日》題下收林癡仙、林南強詩各一首。林癡仙詩已見於本文第二節，林南強詩云：

一例黃花十日愁，新陳代謝到干支。紀年何限王正月，總

---

[8] 引自《守節、再嫁、纏足及其他》，第130—131頁，西安，陝西人民出版社1990年9月版。

[9] 參見李貞德、梁其姿主編：《婦女與社會》，第198—199頁，北京，中國大百科全書出版社2005年4月版。

有春秋東閣時。

林癡仙、林南強的《舊曆日》涉及清末曆法變革和閩台關係的重要史實。

左玉河《評民初曆法上的「二元社會」》謂：

> 民國成立，將傳統的陰曆改為陽曆，對民眾的日常生活影響甚大。改用陽曆是民國革故鼎新、萬象更新之舉，也是社會進步的標識和體現。但在推行陽曆的過程中，陰曆仍然佔據著主導地位，民眾除民國紀年外，對陽曆並未完全接受，從而形成了曆法問題上的「二元社會」：上層社會——政府機關、學校、民眾團體、報館等，基本上採用陽曆；而下層民眾——廣大的農民、城市商民等，則仍沿用陰曆。[10]

又謂：

> 按照臨時大總統令和參議院決議，1912 年 2 月，內務部將編撰的民國新曆書頒行全國。這部《中華民國元年新曆書》，是以參議院議決四條為原則編撰的，與舊曆書相比，其特點有三：一是新舊二曆並存；二是新曆下附星期，舊曆下附節氣；三是舊曆書上吉凶神宿一律刪除。這部新曆書體現了共和精神，剔除了封建迷信的文字。它對陽曆的普及和推廣起到了一定的作用。但由於編撰時間倉促，多有錯誤，受到各界的批評。因此，它頒行後不久，民國政

---

[10] 引自左玉河：《評民初曆法上的「二元社會」》，載《近代史研究》，2002 年第 3 期。

> 府即著手編撰更科學的民國元年新曆書。1912 年 6 月，原來負責為大清皇朝編修《時憲曆》的欽天監改歸教育部，籌組北洋政府教育部觀象臺，負責編撰《中華民國元年曆書》。由於教育部觀象臺有著較好的天文觀象設施和編撰曆書經驗，所以，它所編訂的這部新曆書，具有一定的權威性，替代內務部編新曆書而風行全國。從民國元年到北洋政府垮臺，民國每年所用的新曆書，都由北洋政府教育部觀象臺編撰。[11]

與大陸的情況稍有不同，臺灣曆法上的「二元社會」始於日據初期。日人入據臺灣，即將光緒紀年改為日人的明治紀年（以後又改為大正、昭和），月、日則用陽曆。

1903 年，林癡仙有《陰曆六月二十六日夜大風雨，詩以誌異》之詩（收其《無悶草堂詩存》卷二）。據此可知，其時臺灣已另有陽曆通行。

林癡仙、林南強《舊曆日》詩之詩題和「案頭舊曆忍重披」等句亦可說明，民國元年以前臺灣已存在曆法上的「二元社會」。

針對此一情況，泉州洪潮和繼成堂擇日館編印了「專售臺灣」的「通書」。

陳泗東《泉州洪氏百年曆・序》[12]謂：

> 泉州是福建的文化古城，是我國著名的僑鄉，也是臺灣同

---

[11] 引自左玉河：《評民初曆法上的「二元社會」》，載《近代史研究》，2002 年第 3 期。

[12] 收《泉州洪氏百年曆》，福州，福建人民出版社 1982 年 12 月版。

胞的「祖家」之一。十八世紀初期，泉州出了一個有名的曆學家洪潮和，他的子孫傳習曆法，世以為業。二百多年來，福建、臺灣和東南亞華僑，一向使用洪潮和「繼成堂」編印的曆書。即使是在日本帝國主義侵佔臺灣期間，洪氏的曆書依然風行臺灣。洪氏派下的門徒，分佈在閩、台和海外，頗具影響。所以，洪潮和在閩台地方科技史和民俗史上，是有其一定的地位的。

我曾見泉州繼成堂編印的 1929 年《通書》，書之扉頁印有「專售臺灣」字樣，書前所列「參校門人」名錄凡 400 人，臺灣「門人」占了 140 人。書前另有晉江知事陳同於 1926 年 9 月 7 日頒發的佈告，其文曰：

為佈告保護事。案據前清泉州郡庠生洪鑾聲暨子洪永言呈稱：竊聲高祖洪潮和於前清雍正年間由欽天監奏准，在泉城開設繼成堂擇日館，迄今二百餘年。所造通書月份、節氣及春牛圖悉與憲書吻合。發行以來，民間稱便。無如日久竟有奸徒假冒混售，即如民國三年陰曆九月系是月小誤作月大，十月大竟作月小，且小雪、大雪節氣各差一日，戊午年冬至，庚申年九、十兩月，甲子除夕均有差錯。帷聲所推算，悉與中央觀象臺頒曆相符。如此任意混售，顛倒錯亂，不特妨害著作，損壞營業，抑且陰、陽失序，關係尤鉅。歷經呈請各縣長出示曉諭保護，各在案。茲因原版木刻，恐被手民舛錯，改用石印，較為明晰。第改版發行之初，理合據情呈請出示保護，以杜假冒，而昭慎重。

> 伏乞察核照準施行，實感公便等情。據此，查洪鑾聲所開繼成堂擇日館系祖傳名號，歷數百年於茲，家學真傳，通行全國。編著陰、陽曆通書及春牛圖並月份、節氣、時日悉遵時憲推算，甚屬利用依法，自當然享有著作特權。為此，除批示外合亟佈告保護，仰城鄉各刻匠及書坊人等知悉，自經佈告之後，倘有奸徒無恥假冒翻印，魚目混珠，希圖漁利，一經察出，或被告發，定即飭拘嚴究不貸，宜凜遵。切切特佈。
>
> 中華民國十五年九月七日　　知事陳同

據此可知，泉州繼成堂編印的「陰、陽曆通書」在「中央觀象臺」於 1912 年開始「頒曆」以後，仍然「通行全國 」，包括臺灣。

《台海擊缽吟集》第 40b 頁收斕南《輓鄭慧修貞女》詩云：

> 淨盡塵緣入佛門，佛燈更喜祖孫傳。知君別有心頭佛，不種情根種善根。

第 47b 頁收月樵《詠鄭貞女詩》云：

> 鄭谷征詩詠女鸞，貞瑨一集八閩刊。於今海岱無顏色，合洗黃金鑄木蘭。

第 48a 頁收選閑《輓鄭慧修貞女》詩並注云：

> 長齋繡佛享清閒，浙水閩山獨往還。海外已無乾淨土，留將玉骨壽名山（貞女擬歸骨閩省崇福寺）。

拙著《臺灣近代詩人在福建》記：

> 鄭慧修的祖母陳太夫人年老好靜，皈依佛門，修真規士林別墅為「淨業堂」，鄭慧修亦隨侍奉佛，矢志不嫁。1907年，鄭慧修護送陳太夫人朝佛於浙江普陀山，並遍歷金、焦二山及閩之鼓山以歸。1910年，陳太夫人病重，鄭慧修到福州禮古月禪師（古月禪師於1902年繼妙蓮禪師任鼓山湧泉寺住持）為導師，願減算益親壽。1911年4月，陳太夫人疾終，鄭慧修哀毀備至，亦卒，遺言火葬，歸骨福州雪峰寺，建浮圖焉。
>
> 鄭慧修恪盡孝道的事蹟傳來，流寓福建的近代臺灣詩人施士潔、汪春源等以地曾舊遊……事關桑梓，一時感歎不迭，賦詩稱頌。[13]

又記：

> 當時，紀念鄭慧修的活動乃在閩、台兩地展開，留居臺灣的詩人也寫有許多紀念文字，如台南詩人連雅堂就寫有《鄭慧修女士傳》。[14]

從《台海擊缽吟集》所收月樵《詠鄭貞女詩》之「鄭谷征詩詠女鸞，貞瑨一集刊八閩」句看，鄭香谷（如蘭）還主持征詩，

---

[13] 引自拙著《臺灣近代詩人在福建》，第150頁，臺北，幼獅文化事業股份有限公司1998年4月版。

[14] 引自拙著《臺灣近代詩人在福建》，第154頁，臺北，幼獅文化事業股份有限公司1998年4月版。

並編輯了《貞瑁》一書刊行於八閩。

日據臺灣時期，閩、臺地的交流並不曾隔絕或阻斷，是為一例證也。

四、

臨末，我想談談臺灣文學古籍研究的學術分工。

1925 年 7 月，顧頡剛在《戰國秦漢間人的造偽與辨偽》一文的《附言》裡寫道：

> 我以為各人有各人的道路可走，而我所走的路是審查書本上的史料，別方面的成績我也應該略略知道，以備研究時的參考……建築一所屋子，尚且應當有的人運磚，有的人畚土，有的人斷木，有的人砌牆，必須這樣幹了方可有成功的日子。各人執業的不同，乃是一件大工作下必有的分工，何嘗是相反相拒的勾當！……我深信，在考證中國古文籍方面不知尚有多少工作可做，盡我們的一生也不過開了一個頭而絕不能終其事。[15]

同任何一地、任何一類的古籍之研究一樣，臺灣文學古籍研究本有學術分工，「審查書本上的史料」（包括史實考證）亦其工種之一；我們對於臺灣文學古籍如《台海擊缽吟集》，一冊在手，可以從文學的、審美的角度來閱讀，以評估其文學的或美學的意

[15] 顧頡剛：《戰國秦漢間人的造偽與辨偽》，引自顧頡剛：《漢代學術史略》，第 211 頁，北京，東方出版社 1996 年 3 月版。

義；也可以用史學的、審查的態度來解讀，以發現其史學的或社會學的價值。在我看來，臺灣文學古籍的史學價值和社會學價值亦是研究者應當留意的部分。

2006 年 10 月 15 日記於福州

臺灣文學研究：選題與史料的查考和使用

——以《詩畸》為中心的討論

2004 年至 2006 年，我在指導黃乃江同學撰寫博士學位論文《臺灣詩鐘研究》期間，得閩、台兩地學界友人之協助，先後獲讀《台海擊缽吟集》和《詩畸》兩種古籍。師生相約，各自從中選題或取材，彼此觀摩，以示教學相長之意也。

我先有《〈台海擊缽吟集〉史實叢談》一文刊於《福建師範大學學報》2007 年第 1 期；茲又提交本文，以就教於黃乃江同學暨同道諸君子。

本文擬就《詩畸》一書涉及的版本、人物、典故等方面的問題，談論臺灣文學研究的選題與史料的查考和使用。

一、

1987年，我初涉臺灣文學研究即獲讀《詩畸》一書的節錄和介紹，並在《擊缽吟：演變的歷史和歷史的功過》一文裡談及《詩畸》的一個問題：

> 又，《外編》所開列的閩縣劉筱彭、侯官張錦波則是唐景崧「生未與會者」。周莘仲、劉筱彭和張錦波顯然不屬於斐亭吟社或牡丹詩社。[1]

及讀《詩畸》原版，心中愧疚！

《詩畸》之《外編》有題注曰：

> 凡南注生未與會者，是為外編。
>
> 作者姓氏：閩劉壽鏗筱彭，侯官張文瀾錦波，安平劉雍和丞。餘見前。

我在20年前讀書不審，未留意「餘見前」（即「其餘作者見於卷首之《作者姓氏》」意也）之語，又因未見原書，不知《外編》作者包括了斐亭吟社、牡丹詩社的大部分人馬，並且誤讀了「南注生未與會者」一語（南注是唐景崧的號，南注生則其自稱也；「未與會者」則是「未參與的詩鐘之會」之意）。

此一低級的錯誤，乃是讀書不審、亦是讀書不讀原版的結果。

《詩畸》一書的版本，歷來有「《詩畸》四卷，善化唐贊袞

---

[1] 引自拙著《臺灣近代文學叢稿》，第88頁，福州，海峽文藝出版社1990年7月版。

輯」[2]唐景崧「所編《得閒便學軒五種》。其一曰《詩畸》」[3]唐贊袞「輯錄刊行，名曰《斐亭詩畸》。計嵌字格四卷、分詠格二卷、合詠格與籠紗格一卷、七律一卷、外編嵌字格二卷、附謎拾一卷。都為十一卷。刻於清光緒癸巳年（1893）」[4]等說法，並有若干種推論和猜測之說。

講版本必須據實物，推論、猜測之說一概未宜率爾據信也。

本文所據《詩畸》為唐景崧「取抄稿重加刪汰、分門編輯」之「臺灣布政使署刻」本，計分嵌字格四卷、分詠格二卷、合詠並籠紗格一卷、七律一卷、外編嵌字格二卷，凡十卷，光緒十九年癸巳（1893）刻。

從《詩畸》的版本進一步而言之，我們來談論臺灣文學作品版本的一個特殊問題：日據時期臺灣日文作品的原作和譯文之辨，以及各種譯本之別。

1947 年，臺灣學者王錦江（詩琅）在《臺灣新文學運動史料》一文裡指出了臺灣現代文學在日據時期發生的「一種特別的，用中文和日文寫作的現象」。[5]

5 年前，我在《語言的轉換與文學的進程》一文裡指出：

> 於今視之，王錦江當年留意的問題似乎很少受到留意，由此而有弊端多多。例如，有臺灣現代文學史論著對臺灣現

---

[2] 連橫：《臺灣通史》，下冊，第 441 頁，北京，商務印書館 1980 年 10 月版。

[3] 傅錫祺《吉光集·序》，引自《吉光集》，第 1 頁，嘉義，蘭記書局 1934 年 2 月印刷。

[4] 張作梅：《詩鐘集粹六種》，第 5 頁，臺北，中華詩苑 1957 年 10 月印行。

[5] 王錦江：《臺灣新文學運動史料》，載臺灣《新生報》1947 年 7 月 2 日。

代作家吳濁流的文言作品完全未予采認，對其日語作品，則一概將譯文當作原作、將譯者的國語（白話）譯文當作作者的國語（白話）作品來解讀。我們可以就此設問和設想，假若臺灣現代文學作品在寫作用語上的采認標準是國語（白話），文言不是國語（白話），文言作品固當不予采認；但日語也不是國語（白話），日語作品為什麼得到采認？假若日語作品的譯者也如吾閩先賢嚴複、林紓一般將原作譯為文言而不是國語（白話），論者又將如何措置？另有語言學研究論文亦將吳濁流作品之譯文當作原作，從1971年的國語（白話）譯文裡取證說明作品作年（1948）之語言現象。[6]

又指出：

作為一個歷史時期的遺留，我們今天看到的臺灣現代文學作品略可分為文言作品、國語（白話）作品和日語作品。其中，部分日語作品發表前已經由譯者譯為國語（白話），已經過一個語言轉換的過程，如楊逵作、潛生譯的《知哥仔伯》，葉石濤作、潛生譯的《澎湖島的死刑》和《汪昏平・貓·和一個女人》；大部分日語作品則在發表後經由譯者譯為國語（白話），又經過一個語言轉換的過程。因此，對臺灣現代文學作品還應有原作和譯文之辨；對於譯文又當注意各種譯文之別，如呂赫若作品之施文譯本、鄭清文

---

[6] 引自拙著《閩台區域社會研究》，第335—336頁，廈門，鷺江出版社2004年3月版。

譯本和林至潔譯本等。[7]

事實上，長期以來，對於「將譯文當做原作、將譯者的國語（白話）譯文當做作者的國語（白話）作品來解讀」的現象，幾乎不曾有人置疑。

我們正可於此不疑處選取論題。

換個角度說，查訪原作和譯本，考證原作與譯本之辨、各種譯本之別，亦是史料查考的工作。

附帶言之，10 年前，我在《呂赫若小說的民俗學解讀》[8]一文裡曾指出呂赫若日文小說《財子壽》之林至潔中文譯本的一處不當翻譯：「猿椅」（應譯為「交椅」）。對於譯本的此類問題，應該是可以研究的。

二、

美國學者丹屯（Robert Darnton）嘗謂：

> 當我們無法理解一個諺語、一個笑話、一項禮儀，或一首詩時，我們便知道自己正觸及某些事物。選取文獻最使人難以索解的一面進行考索，我們或許可以開啟一個相異的意義體系。沿此線索，甚至可能進入一個奇異而美妙的世

[7] 引自拙著《閩台區域社會研究》，第 345 頁，廈門，鷺江出版社 2004 年 3 月版。

[8] 收拙著《閩台歷史社會與民俗文化》，廈門，鷺江出版社 2000 年 8 月版。

界觀。[9]

《詩畸》一書「難以索解」的問題很多，同學諸君正可以選擇這些問題來做研究。

例如，《詩畸》卷首和《外編》所開列的「作者姓氏」，幾乎每一作者都有其故事，都可以作為研究的選題。

《詩畸》作者之一的「淡水黃宗鼎樾士」之身世、生平的基本史實，乃是經多年查訪和考證而來的。

1988 年，我從福建省圖書館收藏的《清代鄉會朱卷齒錄匯存》發現了黃宗鼎的鄉試齒錄，知其「字樾澂，行一，又行七。同治乙丑十一月初十日吉時生。臺北府學附生，民籍」、「父玉柱，號笏山，咸豐乙卯科舉人」、「胞弟黃彥鴻，光緒戊子科舉人」及「鄉試中式第三十三名（光緒己丑恩科）」等情。其後，又從《清光緒朝中日外交史料》卷三十九抄得臺灣進士李清琦、葉題雁及臺灣舉人汪春源、羅秀蕙、黃宗鼎聯名的《上都察院書》，從林琴南《黃笏山先生畫記》、王松《台陽詩話》知其部分身世、生平史實，從《明清進士題名碑錄索引》查知黃宗鼎胞弟黃彥鴻之科年、甲第和名次。

1995 年，我為寫作《臺灣近代詩人在福建》，到北京採訪黃宗鼎哲嗣黃正襄，並訪得《北京市文史研究館館員錄（1952—1995）》（非版本圖書）和黃笏山《松鶴圖》（有黃宗鼎、黃正襄題識）照片一幀。

---

9 轉引自羅志田：《近代中國史學十論》，第 204 頁，上海，復旦大學出版社，2003 年 8 月版。

《北京市文史館館員錄（1952—1995）》於「黃彥威（1862—1954）」條下記：

> 原名宗鼎，字樾溆。男，福建閩侯人。清末舉人。曾任山西朔州知州，夏縣、蒲縣、永濟等縣知縣，福建建寧、河南蘭封縣知事，山西北路高等審判分廳廳長，北京財政部科員。撰有《浣月齋吟稿》。1953 年被聘為北京市文史館館員。

查《民國福建省地方政權機構沿革資料（1911—1949）》[10]，知黃宗鼎於 1914 年任福建省建寧縣知事，任期不足一年（其繼任者錢江的任期亦始於 1914 年）。

《詩畸》收有黃宗鼎詩鐘作品 39 聯。此亦其遺存的史料。

現考證一個問題。

黃宗鼎的生年，其科舉齒錄記為「同治乙丑」即 1865 年。拙著《臺灣近代詩人在福建》對此指出：

> 然而，應試時少填一歲在舊時是一項俗例，南宋《登科錄》中即已如是（請參見朱彭壽《安樂康平室隨筆》，中華書局 1982 年版）。黃宗鼎的生年應為 1864 年。[11]

這裡有一佐證。我在北京訪得的黃笏山《松鶴圖》照片[12]上

---

[10] 福州，福建人民出版社 1994 年 7 月版。

[11] 引自拙著《臺灣近代詩人在福建》，第 7 頁，臺北，幼師文化事業股份有限公司 1998 年 4 月版。

[12] 引自拙著《臺灣近代詩人在福建》，第 11 頁，臺北，幼獅文化事業股份有

可見黃宗鼎寫於民國丁丑（1937 年）的題識，略謂：

> 光緒乙亥，先府君任粵西宣化縣，余隨侍署中，時年十二。

光緒乙亥為 1875 年，黃宗鼎「時年十二」，則其生年當為 1864 年也。

以上查考所得和所據的史料，《清代鄉會朱卷齒錄匯存》、《清光緒朝中日外交史料》、《黃笏山先生畫記》、《明清進士題名碑錄索引》、《北京市文史研究館館員錄（1952—1995）》、《民國福建省地方政權機構沿革資料（1911—1949）》、《詩畸》以及黃笏山《松鶴圖》照片，均屬於文學的邊緣史料，王松《台陽詩話》和黃宗鼎《浣月齋吟稿》則是文學的核心史料。相信經過查訪，可以獲讀《浣月齋吟稿》，可以進一步研究黃宗鼎其人。

又如，用典是詩鐘創作的一種要求和一種追求。唐景崧謂：

> 不用典專作空句較易成聯。以用典每窘於覓對。近來作者輒避實而就空，非前輩典型矣。唯空句最宜曲折新穎。論做到佳處，較典句尤難。蓋雖空句，亦由書卷及古人名句、平生閱歷醞釀而出，若一味滑腔習見，則生厭。

《詩畸》所收詩鐘作品用的許多典故，對於今之讀者頗為費解，對於今之研究者則有一番「搜典如兒覓母家」（唐景崧句）的功夫要做。

茲舉例而言之。

限公司 1998 年 4 月版。

1.施士潔《冰、一，一唱》：

一錢太守廉稱寵，冰柱詩人韻鬥叉。

「一錢太守」是漢代會稽郡太守劉寵的故事。《後漢書》記：劉寵做官清正。離任時有幾個鬚眉皆白的老人帶一百個大錢來贈送他，劉寵「選一大錢受之」。

「冰柱詩人」則是唐代詩人劉叉的別稱。劉叉性剛直，好任俠，曾投韓愈門下，後遊齊魯，不知所終。有《冰柱》、《雪車》二詩最為著名，故稱「冰柱詩人」。其詩用韻險峻，敢於打破傳統格式。

2.翁珊季《兵、鳳，一唱》：

兵權解釋杯中酒，鳳字留題戶外書。

起句用宋太祖「杯酒釋兵權」的典故。宋建隆二年（961），宋太祖接受趙普建議，召侍衛馬步軍都指揮使石守信、殿前都指揮使王審琦等人飲酒，勸諭他們釋去兵權，多置田產，終其天年。於是，石守信、王審琦、高懷德、張令鐸等被罷免了軍職。宋太祖此舉乃為了消除兵變的隱患。

對句「題鳳」用魏晉時期名士呂安的故事。《世說新語》記：呂安造訪嵇康，值嵇康不在，嵇康的哥哥嵇喜出門延請呂安，呂安不入其門，題門上作鳳字而去。鳳的繁體字可拆為「凡鳥」二字，呂安以此嘲諷嵇喜為凡人。

3.李春甫《兵、鳳，一唱》：

兵也殺人梁惠笑，鳳兮諷聖楚狂歌。

起句和對句分別從《孟子》、《論語》「醞釀」而出。

《孟子・梁惠王上》：「是何異於刺人而殺之，曰：非我也，兵也」；

《論語・微子》：「楚狂接輿歌而過孔子曰：鳳兮！鳳兮！何德之衰？往者不可諫，來者猶可追。已而，已而，今之從政者殆而！」

4.汪春源《書、鐵，三唱》：

秘本鐵函思肖史，駢詞書譜過庭文。

起句用鄭思肖故事。鄭思肖，宋末元初福建連江人，字所南。著有詩集《心史》，舊無傳本，明崇禎年間得自蘇州承天寺井中，有鐵函封緘，故稱《鐵函心史》。

對句謂「古人書卷」《書品》。作者為南朝梁庾肩吾，書載漢至齊梁能真、草書者 123 人，分其作品為上、中、下三等，每等又分上、中、下，共為 9 例，每例列書家姓名，各系短論。論用駢體，如「真草既分於星芒，烈火復成於珠珮。或橫牽豎掣，或濃點輕拂，或將放而更流，或因挑而還置，敏思藏於胸中，巧態發於毫銛」。所品論的書家其時多已謝世，故稱「駢詞書譜過庭文」。

5.王貢南《丹、假，五唱》：

升庵錄著丹鉛博，祭酒書征假借詳。

此聯顯係從古人「書卷」「醞釀而出」。

起句謂楊慎著《丹鉛總錄》。楊慎，字用修，號升庵，四川人，明代文學家。著作多達百餘種。《丹鉛總錄》為《丹鉛餘錄》、《丹鉛續錄》、《丹鉛摘錄》的合編，故稱總錄。該書考據經傳，辨論史實，具見作者淵博的才學。

對句指許慎撰《說文解字》。許慎，字叔重，汝南召陵（今河南郾城）人。東漢著名經學家、文字學家，曾任太尉南閣祭酒，世稱「許祭酒」。《說文解字》按照相傳的「六書」（象形、指事、會意、形聲、轉注和假借）分析字形、字義等。其中「假借」是「本無其字，依聲托事」，書中徵引詳備。

6.唐景崧《知、鬥，二唱》：

日知錄著明遺老，刁鬥銘傳蜀故侯。

起句謂顧炎武著《日知錄》。顧炎武，初名絳，字寧人，嘗自署蔣山傭，江蘇昆山人。明末清初著名思想家、學者。《日知錄》於清康熙年間出刻本和全刻本。

對句指張飛撰、書《刁鬥銘》。楊慎《丹鉛總錄》記「涪陵有張飛《刁鬥銘》，其文字甚工，飛所書也」。

7.汪春源《封、倒，六唱》：

臣焚諫草陳封事，佛設盂蘭解倒懸。

起句記進諫的行徑：臣下進諫，防有洩漏，焚燒諫章草稿，又以皂囊封板，謂之封事。1918 年，清末著名諫臣江杏邨病逝於福建莆田故里，汪春源為作挽聯云：

贛直震朝端諫草曾焚歸去移忠仍作孝；

鬥山崇海內蓋棺定論傳來一節足千古。

聯中亦記「諫草曾焚」事。不過江杏邨是 1894 年中為進士的，《詩畸》先刻於 1893 年。汪春源《封、倒，六唱》之起句記的是臣下進諫的通常行徑。

對句謂佛家「盂蘭盆會」。「盂蘭盆」為梵文音譯，意為「救倒懸」。典出西晉竺法護譯《佛說盂蘭盆經》之「目蓮救母」，釋迦弟子目蓮見母在地獄受苦，如同倒懸，求佛救度，於是「佛設盂蘭解倒懸」也。

8.丘逢甲《立、和，二唱》：

冊立竟稱父皇帝，議和甘作小朝廷。

起句「父皇帝」指五代時，一些方鎮軍閥為取帝位，向契丹主稱兒以借助外力，如後晉高祖石敬塘 45 歲時以父事 34 歲的契丹主耶律德光，是為「父皇帝」也。

對句「小朝廷」謂妥協求和以偏安一隅的朝廷。南宋胡銓《戊午上高宗封事》：「臣有赴東海而死耳，寧能以小朝廷而活耶？」

9.王貢南《西、碧，一唱》：

西山李密陳情迫，碧水江淹作令佳。

起句記晉代李密上表陳情，陳述其不肯應晉武帝徵召的原因是祖母年邁，奉養無人。其《陳情表》有「日薄西山，氣息奄奄，人命危淺，朝不慮夕。臣無祖母，無以至今日；祖母無臣，無以終餘年」句，所以說「西山李密陳情迫」。

對句謂江淹出任吳興（今福建浦城）縣令事。江淹歷仕宋、齊、梁三朝，因事被貶為吳興縣令，其《自序》有（吳興）「地在東南嶠外，閩越之舊境也。爰有碧水丹山，珍木靈草，皆淹平生所至愛，不覺行路之遠矣」句，故謂「碧水江淹作令佳」。

10.施士潔《門、知，二唱》：

五門陶潛羞為米，四知楊震竟辭金。

起句記陶潛解印棄官故事。東晉陶潛為彭澤令，在官八十餘日，郡遣督郵至縣，吏謂應束帶見之。陶潛以「不能為五斗米折腰」，即日解印棄官，賦《歸去來辭》。

對句記東漢楊震居官清廉的事蹟。《後漢書・楊震傳》：「王密為昌邑令，謁見。至夜，懷金十斤以遺震。震曰：『故人知君，君不知故人，何也？』密曰：『暮夜無知者。』震曰：『天知，神知，我知，子知，何謂無知？』密愧而出」。

據黃乃江同學統計，《詩畸》收詩鐘作品 4669 聯。顯然，「《詩畸》用典之研究」可以是一部專著的選題哩。

三、

拙論《文學的周邊文化關係》謂：

> 在我看來，我們搜集文學史料的注意力應當及於臺灣作家的聯語、詩鐘、制義、駢文、歌辭等各類邊緣文體的作品。[13]

《詩畸》是詩鐘作品的合集，屬於文學的邊緣史料。

從《詩畸》一書、從文學的邊緣史料，我們至少得到了有關臺灣文學史的如下資訊：

1.詩鐘的創作乃是集體的創作活動，又有關於時、體、題、韻的嚴格規定以及略仿科舉程式的投卷、謄錄、閱評、宣唱等趣味性、刺激性的情節。《詩畸》卷首之《詩鐘凡例》記：

> 一、詩鐘者仿刻燭擊缽故事，以鐘刻為限，或代以香，約二寸內外。以一聯為一卷，隨投筒中，不拘作若干卷，限到截止，不得再投。
>
> 一、截止後，或倩兩人作者專謄，或作者分寫，惟閱卷者不與焉。其謄寫分正副兩本，每一聯均謄入正副本中，送正副閱卷者評取，去取高下，不得互商。
>
> 一、正副兩本所取之元，下次即為正副閱卷。如兩元適系

---

[13] 引自拙著《閩台區域社會研究》，第358頁，廈門，鷺江出版社2004年3月版。

一人，則以正本第二名推充；如正本第二名又適取元之人，則推副本第二名。

一、閱卷者亦作卷並謄入正副本中，惟閱時將己作剔出。正閱卷者之卷，僅副閱卷評取；副閱卷者之卷，僅由正閱卷評取。

一、閱卷者禁視諸人底稿，並禁與諸人交談。人亦不得向閱卷者詢問故實，嚴關節。

一、評定後，正副閱卷按所取第次，由後至元，宣唱聯句，注號聯下，故一次為一唱。

一、事雖遊戲，規矩宜嚴，否則懶散，甚至爭訾。或公推一人，竟日直壇，於每唱以人為校對，免有漏寫誤寫之卷。

一、投卷有納費者，議定凡投一卷納錢若干。閱卷者僅一邊取錄，卷費減半；凡投至五卷外者，卷費減半；一卷不作者，罰納一卷之錢。即以諸卷所納錢，按正、副兩本所取高下，攤給有差，所以別勝負，而資鼓舞，非為阿堵也，其額約三分取一。如不納費，則取額可隘可寬，或以他物為贈，藉勵吟興，亦詩壇雅事。

一、納卷費如用典錯誤，以及犯規而取錄者，本人罰還攤給之錢，閱卷者亦議罰，均歸入下唱攤分。至語句優劣，所見各殊，不得訾議云罰。

「詩鐘榮比小科名」（唐景崧語），參與者遂樂此不疲。《詩畸》卷八《分詠體》有《詩鐘、破鞋》之題（「詩鐘」屬於雅題），在「詩鐘」題下，張益六謂「草稿催成同擊缽」，又謂「苦吟君亦怕鳴金」；宋佩之謂「苦吟飯後望紗籠」，又謂「斷線拋香惜鳳頭」；施士潔謂「遺珠如訴不平聲」；唐景崧謂「煆比精金防作響」，又謂「各撐肩影老僧客」，又謂「吟來各有自鳴時」。

在《詩畸》一書的創作年代、亦即臺灣建省後的若干年（1886—1893 年）裡，詩鐘的創作活動促進了詩人的結社、促進了文學社團的活動。

2.用典是詩鐘創作的一種要求、一種追求。《詩畸》卷一《嵌字格》規定：

> 一、用典不可一句有典，一句無典。所嵌二字，尤不可一字有典，一字無典。至典必須確有所嵌之字，方可引用，但往往嵌字有典矣，而上下又難於足成，切忌一句用典中之字足成，一句自湊，便有強弱。儻兩句難全用典中之字足成，則不如兩不用，而自加字。惟自加字，須善於熨帖，勿著痕跡，切忌好為塗澤，轉致雜湊。
>
> 一、所嵌字用古人姓名，不可一句有姓，一句有名無姓。因其易於成對，不能制勝。如以杜甫對昌齡，裁去王字不可也。非嵌字也，尚不甚忌。
>
> 一、女名禁對男名，必不得已如仙佛優妓奴婢及雜藝家事蹟相類者，可偶用之。或男名之典，屬閨閣事，亦間對女名，然究非正軌。
>
> 一、時代忌相離太遠。大概春秋以上故實，對以元明，便嫌太遠。
>
> 一、不用典專作空句，較易成聯，以用典每窘於覓對。

近來作者，輒避實而就空，非前輩典型矣。惟空句最易曲折新穎，論做到佳處，較典句尤難。蓋雖空句，亦由書卷及名人名句平生閱歷醞釀而出，若一味滑腔習見則生厭。

一、無論典句空句，兩句情事，以相類為佳。如一句政治，一句遊覽；一句文學，一句花木，便嫌不類。餘可類推。然往往為嵌字所窘，恰難一類。是在造句善於牽合，於不類而求其類。

一、本遊戲筆墨，偶用俗書俗事，藉以解頤，在所不忌。然兩句亦必求相近，勿太不倫。

一、二字往往虛實不對，必將虛字做實，方能對實字；實字做虛，方能對虛字。若聽其一虛一實，各自成句，即門外漢。

《詩畸》卷七《籠紗格》規定：

隨拈二字，據典成聯，不露字面。

由此規定，詩鐘裡的「典句」和「籠紗格」的詩鐘成了中國文史知識的載體。

於是，我們又看到在《詩畸》一書的創作年代、亦即臺灣建省後的若干年（1886—1893 年）裡，詩鐘的創作活動促進了中國文史知識的傳播。

3.《詩畸》收施士潔詩鐘 447 聯，七律 29 首；收丘逢甲詩鐘 214 聯，七律 48 首。

施士潔、丘逢甲均屬於臺灣近代文學史上的重要作家，《詩畸》當然亦是研究施士潔、丘逢甲等作家的重要史料。

4.《詩畸》卷首之《作者姓氏》列有「瀏陽譚嗣襄泗生」之名，卷五、卷六共收有譚嗣襄的分詠格詩鐘 13 聯。

譚嗣襄是譚嗣同的仲兄。

拙著《臺灣近代文學叢稿》指出：

> 據《譚府徐夫人墓誌銘》，譚嗣同的二姐譚嗣淑「適翰林院庶起士瀘陽唐景崶」，而唐景崶正是唐景崧的四弟（唐景崧《請纓日記》記有「季弟景崶奉順天鄉闈分校之命」云云）。譚嗣襄於光緒十四年（1888）「折而至臺灣」就是投奔唐景崧這門「戚屬」的。譚嗣襄病後並居於唐景崧的臺灣道署，逝世的當日方才從官廨移居蓬壺書院。[14]

又指出：

> 光緒十五年（1889）五月五日，譚嗣同之仲兄譚嗣襄客死於台南蓬壺書院。譚氏兄妹凡五人，譚嗣同的大姐譚嗣懷「在室殤」，伯兄嗣貽和二姐嗣淑於光緒四年（1878）相繼暴疾而殤（據《譚府徐夫人墓誌銘》），及仲兄嗣襄故去，譚嗣同便成為兄妹的唯一的生存者，歸葬仲兄之責自然屬之嗣同。於是，譚嗣同的生活履歷上有了首次渡台的記錄。在譚嗣同留存的文稿中，至少有三處提及奔兄喪之舉：其一，《城南思舊銘並敘》有云：「……後攜從子傳簡入京師，

[14] 引自拙著《臺灣近代文學叢稿》，第 31 頁，福州，海峽文藝出版社 1990 年 7 月版。

> 尋所經歷，一一示傳簡。且言余之悲，傳簡都不省意，頗悵恨以為非仲兄無足以語此，而仲兄竟歿。素車星奔，取道南下窪……」其二，《先仲兄行述》記：「叔弟嗣同以喪歸葬於冷水井之原」；其三，《筆識》卷下記：「方余之遭仲兄憂偕從子傳簡困頓海上也」(「海上」指臺灣，《筆識》卷下記嗣襄赴台亦記為「先仲兄之去海上」)。這三處記載，透露了譚嗣同赴台奔喪的消息。按照常理，譚嗣同聞仲兄噩耗而「素車星奔」，其去處應是仲兄死所臺灣；譚嗣同歸葬其仲兄，也應是自臺灣護柩歸葬；至於「困頓海上」一語則更可說明譚嗣同曾為仲兄喪事滯留臺灣。[15]

譚嗣襄、譚嗣同兄弟與臺灣的關係，包括譚嗣襄在台文學活動和詩鐘作品、譚家與唐景崧的「戚屬」關係、譚嗣同在臺灣活動的情況、譚嗣同的《仁學》自署為臺灣人撰的原因等，是臺灣文學研究應當留意的部分。

臨末，我想用兩句話收束本文並以此與黃乃江同學暨同道諸君子共勉：要有於不疑處、不解處選取論題的學術勇氣，要提倡查訪、考證和使用邊緣史料的學術方法。

2007 年 6 月 24 日清晨 5 時寫就

---

[15] 引自拙著《臺灣近代文學叢稿》，第 29—30 頁，福州，海峽文藝出版社 1990 年 7 月版。

從《臺灣詩薈》（1924—1925）看海峽兩岸舊文學的交流

本文擬從《臺灣文獻彙刊》收錄的《臺灣詩薈》（廈門市圖書館藏本）鈎沉發微、取證舉例，描述 1924—1925 年間海峽兩岸舊文學交流之種種狀況。

一、

《臺灣詩薈》，1924 年 2 月創刊。月刊。編輯兼發行人連雅堂。臺北黃涂活版所印刷。1925 年 10 月出至第 22 號。

《臺灣詩薈》專收文言作品，以「扢雅揚風之篇」、「道德經綸之具」[1]為倡言，屬於典型的舊派文藝期刊。

---

[1] 連雅堂：《〈臺灣詩薈〉發刊序》，引自《臺灣文獻彙刊》，第 4 輯，第 15 冊，第 124 頁，九州出版社、廈門大學出版社，2004 年 12 月版。

從《臺灣詩薈》，我們可以看到該刊同大陸舊派文藝期刊聯繫的若干事例：

1.《臺灣詩薈》第 4 號（1924 年 5 月）之「新刊紹介」介紹的「新刊」有「《朝曦》第一期（泉州兢社）」和「《合作特刊》第一期（蘇州中華合作社）」之目。

2.《臺灣詩薈》第 6 號（1924 年 7 月）之「文壇聲應」刊有上海《心聲》廣告，其文曰：

> 《心聲》，上海心心照相館發行，月出二冊，每冊售洋三角。內容豐富，趣味雋永。第三卷第六號有《哀梨室囈語》、《歌場雜言》、《林屋雜記》、《粉豔脂柔錄》、《水仙小傳》、《絮果蘭因錄》、《婦女文苑》、《綏京路遊記》、《愛蘭仙館筆乘》及傳奇小說等。

3.《臺灣詩薈》第 8 號（1924 年 9 月）刊有江蘇中華合作社之《臺灣詩社社友公鑒》，其文曰：

> 敝社現以本社社友之公決，擴充徵文例，並議將臺灣詩社出版之《詩薈》、湖北消閒社之《消閒錄》、江西昌社之《昌言報》、廈門東社之《東社集》、浙江同聲社之《同聲集》、廣東青年社之《明星》、河南鄭州之《管城小刊》、天津春社之《春光》、上海盍簪社之《盍簪》、安徽陶社之《陶社集》、杭州綠社之《綠玉》《綠痕》《綠雲》刊、唐棲棠社之《棠社月刊》、泉州南華文學社之《朝曦》、江西金社之《金聲》月刊、福建詩社之《小詩界》、揚州靜社之《揚州新報》、阜寧醒舊社之《射南新報》、移化社之《黃浦新

報》、清江鶯鳴社之《鶯鳴》半月刊、支塘虞社之《虞東季刊》、泰州消閒社之《消閒週刊》、常熟琴社之《琴報》、蘇州友社之《友聲》、江陰克社之《社刊》、常熟禮雜誌社之《禮拜週刊》、上海益社之《益智》、姜堰文光社之《文光週刊》、曲塘曲社之《曲水》刊、蘇州木鐸社之《木鐸週刊》、盛澤淵淵社之《盛澤》、白社之《白雪雜誌》、東台文心社之《文心》、上海鳴社之《社刊》、海陵集秀社之《集秀報》。各社社友之大著散見於各報、雜誌者,敝社一例選錄,輯入敝社所編《現代詩選》中(又以敝社社友公決,所編之《靈珠集》改名為《現代詩選》,以符名實),得成近代有價值之巨著,以期流傳久遠。凡《詩薈》社友,務懇將小傳賜下,以備載入集中,尤為馨禱。徵求時期本年十二月截止,明年出書(附小傳式於左)。

江蘇口岸浦頭中華合作社謹啟

上記《新刊紹介》、《文壇聲應》和《臺灣詩社社友公鑒》涉及大陸的舊派文藝期刊凡 38 種。

茲就聞見所及,報告如下資訊:

1.關於泉州兢社及其《朝曦》

我藏有《朝曦》第 6 期甲子秋號(1924 年 10 月 11 日出版)之影印本。

《朝曦》第 6 期所刊《(政府立案)泉州兢社重訂簡章》說明該社「宗旨」為「保存國粹,娛樂性靈」,「通信」位址為「福建泉州城內塗山街 87 號」;所刊《社友錄》記社友 58 人之姓名、次章（字或號）、籍貫和經歷；所刊《本社職員一覽表》列廖古香等 11 人為「社師」，曾文英為「社長兼總編輯」、雷一鳴等 6 人為「幹事」、蔣樹德和洪蒼生為「編輯」、梁伯趙等 46 人為「評議」、又列曾文英為《朝曦》「編輯」，廖古香等 35 人為《朝曦》「名譽編輯」。

列名為泉州兢社「社師」和《朝曦》「名譽編輯」的張綬圖乃是蘇州中華合作社（《合作特刊》即該社出版物）社長；列名為泉州兢社「社友」、「評議」和《朝曦》「名譽編輯」的鍾韻玉（筆名淚鵑聲，浙江杭縣人，時為「上海南方大學學生新聞記者」）則是杭州綠社社友及該社《綠玉》月刊、《綠雲》半月刊和《綠痕》旬刊編輯。

《朝曦》第 6 期刊有江蘇口岸浦頭合作社（即中華合作社）的《合作特別啟事》，其文曰：

> 各社社友公鑒，敝社以本社第三次社友大會公決擴充徵文例，並議將武漢消閒社之《消閒錄》、揚州靜社之《揚州新報》、臺灣詩社之《(臺灣)詩萃(薈)》、江西昌社之《昌言報》、廈門東社之《東社集》、浙江同聲社之《同聲集》、安徽陶社之《陶社集》、福建情社之《小詩界》、杭州綠社之《綠玉》、《綠痕》、《綠雲》、泉州兢社之《朝曦》、金華金社之《金聲》、廣州青年社之《明星》、清江鶯鳴社之《鶯鳴》刊、阜寧醒舊社之《射南新報》、移化社之《黃浦新報》、唐棲《唐社月刊》、支塘虞社之《虞東》、常熟琴社之《琴報》、禮拜社之《禮拜》刊、蘇州友社之《友聲》、如臯文心社之《文心》、江陰克社之《社刊》、天津春社之

《春光》、上海益社之《益智》、盍簪社之《盍簪》、鳴社之社刊、東台文心社之《文心》、泰州消閒社之《消閒週刊》、集秀社之《集秀週刊》、文光社之《文光週刊》、曲塘曲社之《曲水》刊、蘇州木鐸社之《木鐸週刊》、盛澤淵淵社之《盛澤》、白社之《白雪》雜誌，各社社友之大著散見於各報者敝社一例擇尤（優）選入敝集，俾成一代有價值之巨著，以期流傳久遠。凡各社社友務懇將小傳早日賜下，以俾載入集中，尤為馨禱！徵求時期本年十二月截止，明年出售（附小傳式於右）。

姓名、字、號、縣人、履歷、著有詩集。

江蘇口岸浦頭中華合作社謹啟

顯然，《朝曦》第 6 期所刊《合作特別啟事》內容與《臺灣詩薈》第 8 號（1924 年 9 月）所刊《臺灣詩社社友公鑒》大致相同（附帶指出，《臺灣詩薈》所刊《臺灣詩社社友公鑒》誤將《朝曦》列為「泉州南華文學社」的社刊，《朝曦》所刊《合作特別啟事》則將《臺灣詩薈》誤為「臺灣詩社之《詩萃》」)。

2.關於《心聲》和《盍簪》

鄭逸梅《民國舊派文藝期刊叢話》記：

《心聲》半月刊，仿效大東書局的《半月》雜誌，是南京路心心照相館徐小麟主辦的。第一期一九二二年十二月出版，封面是丁悚繪的《心心相印圖》，用三色銅版精印。該刊由鈍根、劉豁公、步林屋、袁寒雲合輯，徐小麟主幹。

首冠插圖，即有編輯部同人合影。內容有小說、諧著、戲談、隨筆、雜俎等。長篇小說，有芙孫的《淞濱殘夢錄》，何樸齋的《滑稽盜》，婁尾生的《文妖演義》，蕭子琴、金書百合譯毛柏桑的《霞娘小史》。短作很多，如劉蟄叟的《雲破月來》，步林屋的《輦下遺聞》，海上漱石生的《滬壖菊部拾遺志》，顧悼秋的《靈雲別館散記》，尤毅盦的《客汴小錄》，孫臞蝯的《常惺惺齋日錄》，陳蛻盦遺著《三生園》，姚民哀的《花萼樓雜記》，徐枕亞的《榴雲慘史》，黃懺華的《懷芳樓零話》，昆明舊吏的《頤和園秘記》，袁寒雲的《泉摭》，王一亭的《論畫》，譚石農的《前三十年都下梨園記》，張冥飛的《鄉老兒上海遊記》，朱天目的《照相裡面的遺囑》，朱大可的《風生雲樓隨筆》，鄭逸梅的《香暖雲屏錄》，梅花館主的《名士名伶之比較》，歐東谷的《琴庵漫載》等。

第三卷第四號，曾刊行戲劇號。執筆者有張□子、劉公魯、蘇少卿、李釋堪、鄭恪夫、童愛樓、徐慕雲、凌霄漢閣主等。

為了徵求定戶，凡定閱全年的，贈送《圖畫小說彙編》，劉豁公、王鈍根、周柏生、張光宇、謝之光所合作，南洋兄弟煙草公司出版。

該刊第一、二兩卷各十期，第三卷出至七期，於一九二四年八月停刊。[2]

---

[2] 鄭逸梅：《民國舊派文藝期刊叢話》，引自魏紹昌編：《鴛鴦蝴蝶派研究資

又記：

《盉簪》月刊，張舍我編。白克路登賢里七二五號盉簪社發行，第一期出版於一九二三年。封面袁寒雲書，丁慕琴畫。內容有小說，舍我、卓呆、放庵、淚鵑、述禹執筆。有筆記，琴影、蝶醒、富華、娛萱執筆。其他如菊蝶、幻音的雜作，郁郁生的評劇。一期止。[3]

3.關於杭州綠社及其《綠玉》、《綠痕》和《綠雲》

顧國華編《文壇雜憶初編》收鍾韻玉《杭州綠社》，其文曰：

杭州綠社成立於 1924 年，當時社址皮市巷，12 月起出版《綠玉》月刊，先後廿三期，以小說、雜文、舊詩詞為主，執筆者有社員楊了公、吳耳似、范海容、莫藝昌、周陶軒、水啟秀等，旋以投寄詩詞過多，另出《綠雲》半月刊，徐碧波、姚蘇鳳、陳紫荷、高卷山、黃轉陶、徐卓呆、胡亞光等均有作品，共出版八期。旋因盧齊戰爭，遷上海漢口路復昌參號出版第三種刊物《綠痕》旬刊，張士傑、錢化佛、胡同光、王瀛洲、丁福保、江紅蕉、畢倚虹、陳心佛等，專輯雜作及散文、民間傳說，共出十二期。三刊均鉛印，俱由筆者（按，即鍾韻玉）主編。社名由老畫家樊希成（熙）命名，取萬物滋生，文藝如春天綠色，寓興盛之

料》，上卷，第 426 頁，上海文藝出版社 1984 年 7 月版。

[3] 鄭逸梅：《民國舊派文藝期刊叢話》，引自魏紹昌編：《鴛鴦蝴蝶派研究資料》，上卷，第 435 頁，上海文藝出版社 1984 年 7 月版。

意。[4]

上記事例和資訊可以說明，《臺灣詩薈》頗留意於同大陸舊派文藝期刊的聯繫，並被大陸舊派文藝期刊引為同道。

二、

《臺灣詩薈》記有連雅堂同中華合作社、國學商兌會、南社等大陸舊文學社團關係的線索。

1.連雅堂與蘇州中華合作社

從《臺灣詩薈》和泉州《朝曦》的相關線索和資訊可知，蘇州中華合作社於 1924 年間有聯絡各舊派文藝期刊，徵求「各社友之大著，散見於各報、雜誌者」，「輯入敝社所編《現代詩選》中（又以敝社社友公決，所編之《靈珠集》改名為《現代詩選》以符名實）」的活動，並出有《合作特刊》。

蘇州中華合作社曾聘連雅堂為該社名譽社長。

《臺灣詩薈》第 5 號（1924 年 6 月）刊張緩圖致連雅堂信，其文曰：

> 久仰門山，恨未識荊。瞻企雲樹，時增遐慕。敬啟者，敝同人等組織中華合作社，擬搜羅近日名公著述，斬為專集，以備流傳，並擬懇請先生為敝社名譽社長，倘荷許與

---

[4] 引自顧國華編：《文壇雜憶初編》，第 137 頁，上海書店出版社 1999 年 9 月版。

贊襄，乞賜大著，以光篇幅，不勝馨禱之至。專肅候玉，敬請吟安。張綏圖合什。四月五日。（揚州）。

2.連雅堂與國學商兌會

《臺灣詩薈》第 21 號（1925 年 9 月）刊高燮覆連雅堂信，其文曰：

> 頃得手教，知相契在十年之前。迢遞雲山，末（按，當是「未」字之誤）由奉候，一旦仍獲以文字之報，得通尺素，殆緣之有前定者耶。誠快誠快！先是一月，得洪君棄生來書，謂四年前曾見我黃山遊記，因惠《八州遊記》序略，今又承尊賜《臺灣詩薈》，則先生及洪君之作皆在焉。遂一一暢讀。不圖一月之中，忽於海外蒼茫之境，乃得雙國士，豈不令人拍案稱奇。舊學消沉，得公等起而振之，寔大有功於名教。《詩薈》甚好，愛不忍釋，如十二集以前各冊均有餘存，懇求一併見惠，尤感！日前郵寄《叢選》（按，當即《國學叢選》），計此信到時，該書亦可接到。尚希匡我不逮為幸！茲附去商兌會空白入會書一紙，希照填。匆匆布覆，臨潁神馳，即候著祺，高燮頓。六月一日。（金山）

高燮即高吹萬，為南社社友和國學商兌會發起人。
鄭逸梅《南社叢談》記：

> 與南社並駕齊驅堪稱兄弟組的，為國學商兌會，發起人有：高吹萬、蔡哲夫、柳亞子、余天遂、周人菊、高天梅、

葉楚傖、胡朴庵、林百舉、文雪吟、姚石子、姚鵷雛、李叔同、陳蛻盦、閔瑞之，列名者凡十五人。其中除文雪吟、閔瑞之外，都是南社社友，尤以高吹萬、姚石子舅甥兩人為該會主持人，原來是吹萬寒隱社的擴大組織，出版的刊物，名《國學叢選》。第一集一九一二年（民國元年）九月發行，開本和《南社叢刻》相同，用有光紙四號鉛字排印，線裝。出至十三集，改為大冊，毛邊紙印，兩集合而為一，成為十三、十四集，十五、十六集，十七、十八集，至十八集止，以冊數計，共十五冊。後來第一、第二集再版，也改為大本，把兩集合訂一厚冊，以致大小不齊，很不統一。宗旨為扶持國故，交換舊聞，成為純學術性質。章程訂有十八條，具有衛道尊儒意味，和南社有些不同。內容：第一為通論，有高吹萬、金鶴望、陳蛻庵、胡朴安等作品。二為經類，有胡石予《讀左繹誼》，連載若干集。三為史類，有顧熏《四庫備採金石提要錄》及《後漢儒林傳輯遺》，胡朴安《包慎伯先生年譜》。四為子類，有姚石子《自在室讀書隨筆》，高吹萬《莊子通釋》及《憤悱錄》，姚鵷雛《大乘起信論參注》，高均《區田辨》及《平定三差通解》等。五為文類，詩和詞包括在內。六為通信錄，討論學術，占頁數較多。有附錄，載吹萬的《感舊漫錄》、《鄉土雜詠》、《北遊記》、《持螯唱和集》等。《會友姓氏錄》第一編，附在後面，約一百餘人，後來恐尚有發展。除上面涉及的以外，又有李芑香、何競南、沈道非、雷昭性、陳陶遺、諸宗元、張揮孫、蕭蛻安、何亞希、馬小進、

> 楊了公、鄒亞雲、朱少屏、黃賓虹、錢厚貽、胡寄塵、周祥駿、俞劍華、王蒪農、鄭佩宜、蔣萬里、曾延年、吳澤安、高佛子、高君深、高君介、鄧爾雅、朱叔建、徐自華、周張帆、楊秋心、周亮夫、金兆芬、朱瘦桐、王海□、劉卍廬、陶小柳、傅屯艮、饒純鈎等，都是南社舊班底，因此所載的文、詩、詞作品，往往有與《南社叢刻》相重複。他們有一宏願，擬籌設圖書館，收藏古今書籍，刊刻世間孤本，以保存國粹。結果沒有成為事實。會址設於松江張堰鎮東市。有人這樣說：《南社叢刻》，是吳江派的刊物，《國學叢選》，是松江派的刊物。[5]

從高燮致連橫信可知，高燮曾寄贈《國學叢選》給連雅堂，並曾邀請連雅堂加入國學商兌會；高燮同《臺灣詩薈》另一重要作者洪棄生亦有交往，他可能也曾邀洪棄生入會。

3.連雅堂與南社

本節所記南社乃是 1909 年創辦於蘇州，社友以吳江、吳縣、金山三地人士為主，由柳亞子主持和主導的舊文學社團。

《臺灣詩薈》第 10 號（1924 年 11 月）起連載杭州徐珂（仲可）之《仲可詞》，連雅堂題曰：

> 仲可先生為杭州名孝廉，學問淹博，著述宏多，尤湛詞學，直入宋人之室。現客滬上，吟詠自娛。頃由洪君棄生轉示

---

[5] 引自鄭逸梅：《南社叢談》，第 29 頁—30 頁，上海人民出版社 1981 年 2 月版。

所作數十闋，因登《詩薈》，以餉同人。

《臺灣詩薈》第 16 號（1925 年 4 月）載《仲可詩錄》，連雅堂題曰：

> 仲可先生之詞，既登《詩薈》，近更以詩遠寄，讀而大喜。仲可久寓滬瀆，著述自甘，古道照人，見於字裡。文章性命，夢寐可通，千里神交，何殊把臂。爰刊志上，以志景行。

《臺灣詩薈》第 20 號（1925 年 8 月）載《仲可筆記》，連雅堂題曰：

> 仲可先生詩詞既登《詩薈》，今又以筆記寄我。仲可現寓滬瀆，著作甚多。其印行者，有《天蘇閣叢刊》、《大受堂叢刊》，傳播藝林。而此系近作，因為登出，以餉讀者。

《臺灣詩薈》第 21 號（1925 年 9 月）刊登徐珂《〈臺灣通史〉書後》，譯介連雅堂著《臺灣通史》；又刊登廣告介紹徐珂的《天蘇閣叢刊》廣告，其文曰：

> 杭縣徐仲可先生之詩詞曾登《詩薈》。此書亦其所編，漢（按，當是「僅」之誤）裝六冊，紙墨精良，內有《五藩檮乘》、《內閣小志》、《五刑考略》並其古文詩詞，而《可言》十四卷尤為精警之作。記述詳明，足資考鏡。每部原定大洋五圓，今為流通起見，改售日金四圓五角，郵資在內。

《臺灣詩薈》第 20 號（1925 年 8 月）之《詩鈔》欄收有黃侃（季剛）之《南望篇》、陳去病（佩忍）之《湖上雜感》、胡蘊（石予）之《閑吟》、黃質（濱虹）之《返滬》、沈宗畸（太侔）之《楊花詩和陳阜蓀韻》、柳棄疾（亞子）之《論詩絕句》。黃侃、陳去病、胡蘊、黃質、沈宗畸均為南社社友；沈宗畸之《楊花詩和陳阜蓀韻》、柳棄疾（亞子）之《論詩絕句》見於《南社叢選》[6]之《詩選》。

《臺灣詩薈》第 22 號（1925 年 10 月）之《詞鈔》欄收王蘊章（蓴農）之《燭影搖紅・唐花》、汪兆銘（精衛）之《金縷曲・別後平安否》、吳清庠（眉孫）之《齊天樂・蟋蟀》、傅專（鈍庵）之《相見歡・春愁訴與誰同》、高旭（天梅）之《蝶戀花・胭脂薄暈羞相顧》和李九（弘一）之《喝火令・故國鳴鸛鴿》。王蘊章、汪兆銘、吳清庠、傅專、高旭和李九（弘一）均為南社社友。王蘊章之《燭影搖紅・唐花》、汪兆銘之《金縷曲・別後平安否》、吳清庠之《齊天樂・蟋蟀》均見於《南社叢選》之《詞選》，李九（弘一）之《喝火令》見於《弘一法師全集》[7]卷七第 455 頁。

《臺灣詩薈》第 16 號（1925 年 4 月）載胡韞玉（朴安）之《清代文學史略》，編者按曰：

> 朴安先生現寓滬濱，潛心著作。曾設國學研究會，以與國人士相磋切。此篇其所撰《中國文學史略》之一也，為錄於此，以資參考。

[6] 解放軍文藝出版社 2000 年 7 月版。

[7] 福建人民出版社 1993 年 2 月版。

據陳玉堂《中國文學史舊版書目提要》[8]，胡著《中國文學史略》於 1924 年 3 月由梁溪圖書館初版，作者為胡懷琛（寄塵）。

然而，《臺灣詩薈》乃在該書初版本出後次月記作者姓名為「胡韞玉（朴安）」。

胡韞玉（朴安）與胡懷琛（寄塵）係同胞兄弟，並且都是南社社友。

此亦連雅堂同南社社友聯繫之事例也。

《臺灣詩薈》所刊陸丹林、徐珂、姚光致連雅堂信，亦可見連雅堂同南社社友聯繫之種種情況。

陸丹林致連雅堂信謂：

> 久耳大名，恨未識荊。每讀尊編《臺灣詩薈》，琳琅滿目，擲地金聲，不啻於文字上獲瞻丰采，無任欣慰。茲有陳者，曩旅廣州，曾荷蔡君哲夫為繪《紅樹室圖》，並由友人于右任、趙石禪諸君題佳句，擬付裝池，期垂久遠。夙仰先生文章道義，彪炳南疆，而詩詞秀逸，尤為同文欽遲。特陳宣紙，敢請賜題，藉增光寵。曷勝榮幸。陸傑夫敬白。八月廿四日（上海）[9]

陸傑夫即陸丹林，南社社友。信中提及的蔡哲夫、于右任亦為南社社友。

徐珂致連雅堂信謂：

---

[8] 上海社會科學院文學研究所 1985 年印，非版本圖書。

[9] 引自《臺灣文獻彙刊》，第 4 輯，第 17 冊，第 68 頁。

遠隔重洋，相思相望。比奉手劄，垂注殷拳。感荷感荷。就諗起居萬福，著作千秋，欣慰無量。《臺灣詩薈》均已拜領，又承以大著台總通史見惠，尤紉盛意。俟寄到後，展讀一過，當作一書後文以謝，並乞先將數十年來歷史示知，以便彼時握管，何如？先生亦許□乎？高吹萬仕金山縣屬之張堰，如寄書去，可說因弟而知彼也。專此道謝，敬請台安。徐珂頓首。一月十二日。(上海)[10]

姚光致連橫信謂：

近余舍母舅高吹萬先生處，獲讀尊輯《臺灣詩薈》，不勝欽佩。非賞其文詞而已。大作明季寓賢列傳一篇，迴環捧誦，審知閣下固今日之遺民，高蹈淑慎，以守先待後者也。茲有請者，光自幼竺志網羅明季文獻。近方校刻鄉先哲徐孚遠之《釣璜台存稿》，並擬撰輯闇公年譜。惟闇公佐延平郡王幕府，久居貴地，而其事蹟，以代遠路遙，頗多模糊影響之談，並知闇公在台有海外幾社之結，且有社集刊行，亦求之不得。今何幸而遇閣下，既生長其地，又以表彰節義為事，尚祈力為搜訪，凡關於闇公以及其交遊之事蹟著述，盡以見示，其所欣感，寧有極乎！《詩薈》有全份可得否？至《臺灣通史》，必宏制世著，不少關係，均乞檢存，一俟覆到，當再備價講取，一一拜讀也。引領天南，欲言不盡，敬叩道安。鵠候德音。姚光頓首。六月廿

[10] 引自《臺灣文獻彙刊》，第 4 輯，第 17 冊，第 424 頁。

一日。（金山）[11]

4.連雅堂與閩、粵兩地的「舊學家」

《臺灣詩薈》錄有黃師竹、林翀鶴和江孔殷等閩、粵「舊學家」致連雅堂信，從中可見其交往的情形。

黃師竹致連雅堂信謂：

> 鯉城鯤島，一水迢迢。承示因小徒蘇菱槎一言，月惠《詩薈》一冊。藉諗先生等身著作，名山事業，早定千秋，健羨奚似！詩學一門，在中華今日已屬短檠敝帚，棄置多年，而先生能扶大雅之輪，以作中流之砥，使祖國風騷，長留海外，月泉遺老，重見替人。欽佩莫名，恨不獲執鞭以備驅策耳。弟老夫年耄，邱遲之錦，奪去有年，愧未能搜索枯腸，效投稿諸公，廁名簡末，惟有盥薇莊誦，擊木揚聲，俾我泉諸舊學家聞風興起，家置一編，以期他日洛陽紙貴而已。此覆，並致謝忱。黃師竹頓首。五月廿二日。（泉州）[12]

林翀鶴致連雅堂信謂：

> 四月間接到第二號《詩薈》。披誦之下，有語皆秀，無唾不香。當此新學群狺，風雅盡絕，兼以槍煙彈雨，天地為愁。寂寂窮廬，黯然沮喪。異書忽來於海外，行廚竟接於

---

[11] 引自《臺灣文獻彙刊》，第 4 輯，第 18 冊，第 138 頁。

[12] 引自《臺灣文獻彙刊》，第 4 輯，第 16 冊，第 136 頁。

> 目前。欣忭莫名，迴環靡厭。近又接第三、第六兩號，惟第一、第四、第五計三號，橫風吹斷，想付洪喬，希即補寄，並祈連續。抑有請者，延平為諸葛□武后之第一人，而台海為王之益州，風流遺韻，視泉為多，如得搜羅遺像，或手劄字跡，鑄銅插畫，俾遂瞻仰，凡有血氣，應具同情也。此頌文祺。林翀鶴敬白。七月初一日。(泉州)。[13]

黃師竹，名鶴，泉州人，清光緒壬寅（1902）科舉人；林翀鶴，字佑安，泉州人，清光緒甲午（1894）科舉人，甲辰（1904）科貢士（未應殿試而返）。

江孔殷致連雅堂信謂：

> 郵筒寄詠，夙醉清吟。壇坫東南，下風泥首，春來想多佳趣，吟詠必多，尚當於月刊中一窺鱗爪耳。去冬敝公司發起詩鐘征卷，兼資告白。第一場《金、葉，六唱》，不見有貴社中人投卷。當是道遠寄題未遍。第二場繼續征詠，乞遍佈同人。公為此間文壇牛耳，尚希不惜鼓吹，為敝公司生色。投卷規則，道遠或有隔閡，不能依例之點，可概付通融，寄敝處代為料理，斷不有誤。肅請吟安。江孔殷叩。二月十五日。(廣州)[14]

江孔殷，號霞公，廣東南海人。清光緒甲辰(1904)科進士、翰林。江孔殷頗熱衷於舊文學活動，《臺灣詩薈》記：

---

[13] 引自《臺灣文獻彙刊》，第4輯，第17冊，第424頁。

[14] 引自《臺灣文獻彙刊》，第4輯，第17冊，第425頁。

> 羊垣英美煙公司前征「金、葉」詩鐘，多至一萬餘卷，匯呈盧諤生先生維岳評選二百。近由江霞公太史惠寄詩榜一紙，佳作甚多，琳琅滿目。爰將前茅十名，錄登《詩薈》，以餉吟朋。[15]

附帶言之。1926 年 9 月，魯迅在廣州亦「知道澳門正在『徵詩』，共收卷七千八百五十六本，經江霞公太史（孔殷）評閱，取錄二百名」。[16]

連雅堂關於大陸舊式文人的評介，亦是《臺灣詩薈》裡頗可注意的內容。

1.關於辜鴻銘

連雅堂謂：

> 辜鴻銘先生此次來游，頗有講演，而其論斷，多中肯綮。如引「學而不思則罔，思而不學則殆」二語，謂今之舊學者大多學而不思，新學者則以又思而不學。又曰：「大學之道在明明德、在親民、在止於至善」，可為治國平天下之本，施之古今而不悖者也。[17]

2.關於章太炎

《臺灣詩薈》第 13 號（1925 年 1 月）錄章太炎詩 12 首，連

---

[15] 引自《臺灣文獻彙刊》，第 4 輯，第 17 冊，第 334 頁。

[16] 引自《魯迅全集》第 3 卷，第 479 頁，人民出版社 1981 年版。

[17] 引自《臺灣文獻彙刊》，第 4 輯，第 17 冊，第 62 頁。

雅堂跋曰：

> 太炎先生當代大儒，少讀其文，心懷私淑。而詩絕少，為錄十有二首，以餉讀者。皆元音也。曩游燕京，曾謁先生於旅邸。時袁氏專國，惎閒正人，幽諸龍樹寺中，復移錢糧胡同。不佞每往請益，先生據案高談，如瓶瀉水，滔滔不竭。其後將歸，乃以幅素求書，先生則書其詩曰：蓑牆葺屋小於巢，胡地平居漸二毛。松柏豈容生部婁，年年重九不登高。嗚呼，中原俶擾，大道晦冥，願先生善保玉體，俾壽而康，以發揚文運，此則不佞之所禱也。

3.關於陳寶琛

《臺灣詩薈》第19號（1925年7月）載陳寶琛《弢庵詩錄》，連雅堂題曰：

> 弢庵先生，先朝耆舊，藝苑宗師，文采風流，久聞瀛嶠。頃由令甥林君文訪錄示舊作十餘首，爰登《詩薈》，以餉吟朋。

4.關於鄭文焯

《臺灣詩薈》第3號（1924年4月）載《鶴道人論詞書》，連雅堂跋曰：

> 鶴道人為現代詞家，名著大江南北。曩游燕京，吾宗夢琴亦善詞，以此書授余，久藏篋底。余自弱冠後，雖學倚聲，而筆硯塵勞，心思粗劣，未能為纏綿悱惻之音，以是捨棄，

> 潛修文史。今臺灣詩學雖盛，詞學未興，為載於此，籍作指南。願與騷壇一研求之。

鶴道人名鄭文焯，號小坡，又號叔問，生於 1856 年，卒於 1918 年。

5.關於某些舊式文人的不良行為

連雅堂謂：

> 作詩風雅事也，乃有竊他人之作以為已有者，是為詩賊。曩見杭州某月刊，固以詩詞相標榜者，其主筆竟竊黃莘田之《惆悵詞》三十首改為《恨詞》，大書其名。彼蓋以莘田為福建人，無有知者。然後香草箋流傳甚廣，又安能掩盡天下耳目哉。[18]

又謂：

> 坊賈射利，自古而然，乃有竊後人之詩詞以入前人之集中者，此尤可惡。王次回《疑雨集》傳世已久，而二十年來又有《疑雨集》出現，刻者以為秘本，然其中詩詞則強半他人之作也。杭縣徐仲可先生著《可言》十四卷，內言《疑雨集》之詞百有二闋，有二十四闋為俞小甫師所作，亦有改竄題中人名者，蓋懼閱者之識為近人窺見其隱耳。複檢其餘，亦皆古今他人之詞，真惡作劇哉。按，俞小甫名廷

[18] 引自《臺灣文獻彙刊》，第 4 輯，第 17 冊，第 248 頁。

英，吳縣人，任浙江通判，著《瓊華室詩詞》。[19]

又謂：

> 今之所謂小說家，多剿拾前人筆記，易其姓名，敷衍其事，稱為創作。曩在滬上，見某小說報，中有一篇題目為《一朝選在君王側》，已覺其累，及閱其文，則純抄《過墟記》之劉寡婦事，真是大膽。夫《過墟記》之流傳，知者雖少，然上海毛對山之《墨余錄》曾轉載之。對山，同光時人，其書尚在。為小說者欲欺他人猶可，乃並欲欺上海人耶？[20]

三、

從《臺灣詩薈》、從上記事例和資訊，我們可以看到一個明顯的事實：海峽兩岸的文化交流從來不曾隔絕，即使在日據臺灣時期，這一基本情況也沒有改變。

2008年元月元日寫成，新年試筆。

---

[19] 引自《臺灣文獻彙刊》，第4輯，第17冊，第255頁。

[20] 引自《臺灣文獻彙刊》，第4輯，第17冊，第255頁。

多學科研究的視角
——以臺灣文學研究為例

今年以來，我到中國人民大學人類學研究所講了《閩台歷史上的婦女問題》、《民間信仰：世俗化、制度化及其他》。

我注意到，講座主持人莊孔韶教授於講座之前言、後語和插話中，反復引導聽講的同學關注多學科研究的視角。

回應莊孔韶教授的倡導，我選取了今天的講題。我想從臺灣文學作品的解讀、臺灣文學古籍的研究和臺灣文學歷史的編寫三個方面，結合個人的研究心得來談論多學科研究的視角。

一、

魯迅先生在談及《紅樓夢》時說：

> 誰是作者和續者姑且勿論，單是命意，就因讀者的眼光而

> 有種種：經學家看見《易》，道學家看見淫，才子看見纏綿，革命家看見排滿，流言家看見宮闈秘事……[1]

魯迅於此省略而未提及的應該可以包括人類學家的眼光等。

從人類學等多學科研究的視角來解讀臺灣文學作品，我們可以從中發現問題、從中舉例取證，大作其文章呢。

茲舉例言之。

（一）清代福州詩人劉家謀（1814—1853）在臺灣府學訓導任上（1849—1853）撰《海音詩》[2]100首，詩記臺灣歲時人事、飲食服飾、方言俚語、禮儀禮節等，引注詳實。其《海音詩》有詩云：

> 紛紛番割總殃民，誰似吳郎澤及人。拼卻頭顱飛不返，社寮俎豆自千秋。

十五年前，我在《臺灣竹枝詞風物記（二十五則）》一文裡就此詩寫道：

> 劉家謀於詩後有注云：「沿山一帶有學習番語、貿易番地者，名曰『番割』。生番以女妻之，常誘番出為民害。吳鳳，嘉義番仔潭人，為蒲林大社通事。十八社番，每欲殺阿豹厝兩鄉人，鳳為請緩期，密令兩鄉人逃避。久而番知

---

[1] 魯迅：《〈絳洞花主〉小引》，引自《魯迅全集》第8卷，第179頁，北京，人民文學出版社2005年11月版。

[2] 劉家謀《海音詩》有多種版本。本文根據的是《臺灣文獻叢刊》本（《臺灣文獻叢刊》第28種）。

鳳所為，將殺鳳。鳳告家人曰：『吾寧一死，以安兩鄉之人』。既死，社番每於薄暮，見鳳披髮帶劍騎馬而呼，社中人多疫死者，因致祝焉，誓不敢於中路殺人，南則於傀儡社，北則於王字頭，而中路無敢犯者。鳳墳在羌林社，社人春秋祀之」。

劉家謀是詩並注，乃是關於吳鳳之死的最早文字記載。其可注意者有四：其一，吳鳳不是被誤殺：其二，「生番」祭祀吳鳳不是出於感恩或感悔，而是畏其散瘟為厲；其三，祭祀乃在墳頭舉行；其四，「生番」並未因吳鳳之死而盡革殺人取頭之惡俗，僅止於「不敢於中路殺人」而已。後來，從吳鳳之死衍出許多情節，如：吳鳳「決心犧牲自己生命來感化高山族同胞」、「高山族同胞歡呼奔上前去，翻過屍首一看，啊，竟是他們一向敬仰的吳通事！看到緊閉著雙眼的吳通事，身上幾處中箭的部位流著鮮血，許多高山族同胞因內疚而失聲痛哭起來」、「他們深深地悔恨自己的罪過」、「廟內搭了個祭台，他們定期在這兒舉行紀念吳鳳的祭典」、「高山族同胞表示永遠聽吳鳳的話，不再斬殺人頭」云云。

現在我們看到的吳鳳故事裡，有許多神話的成分。「神話越傳越神」，神話是當不得事實的。[3]

研究吳鳳傳說和吳鳳信仰，顯然不當忽略劉家謀當年的報

[3] 引自拙著《臺灣社會與文化》，第 139 頁，福州，海峽文藝出版社 1994 年 9 月版。

告。然而，我們還可以從劉家謀當年的報告裡發現另外一個問題：漢族關於厲鬼的觀念、關於厲鬼散瘟為厲的說法，也留存和流傳於以「出草」（即殺人取頭並以所割取的人頭當作誇耀）為俗的當地少數民族住民嗎？劉家謀的報告是不是發生了「文化識盲」[4]的問題呢？這顯然是人類學家應該答問的。

在臺灣文學史上，和劉家謀及其《海音詩》一樣以採風問俗為能事的作家、作品是很多的，我在《民俗、方言與臺灣文學》一文裡列舉了數十位作家、數十種作品：

> 清代臺灣采風詩之主要作家、主要作品有：齊體物《番俗雜詠》；高拱乾《東寧十詠》；郁永河《臺灣竹枝詞》、《土番竹枝詞》；孫湘南《裸人叢笑篇》、《秋日雜詠》；阮蔡文《淡水紀行詩》；藍鼎元《臺灣近詠》；黃叔璥《番俗雜詠》；鄭大樞《風物吟》；夏之芳《臺灣雜詠》；吳廷華《社寮雜詩》；范咸《台江雜詠》、《再迭台江雜詠》、《三迭台江雜詠》；孫霖《赤嵌竹枝詞》；卓肇昌《東港竹枝詞》、《三畏軒竹枝詞》；蔣士銓《臺灣賞番圖》；周芬鬥《諸羅十二番社詩》；朱仕玠《瀛涯漁唱》；謝金鑾《臺灣竹枝詞》；陳廷憲《澎湖雜詠》；周凱《澎湖雜詠和陳廷憲別駕》；施瓊芳《盂蘭盆會竹枝詞》、《北港進香詞》；彭廷選《盂蘭竹

4 所謂「文化識盲」，指研究者以其自身的文本（所負載的理論／文化）來解讀被研究者的文本而使文本解讀陷入盲區。參見古學斌、張和清、楊鈞聰：《專業限制、文化識盲：農村社會工作實踐中的文化問題》，載《社會學研究》2007 年第 6 期。

枝詞》；劉家謀《台海竹枝詞》、《海音詩》、《海東雜詩》等；陳肇興《赤嵌竹枝詞》、《番社過年歌》；黃敬《基隆竹枝詞》；鄭用錫《盂蘭盆詞》；查元鼎《澎湖竹枝詞》；陳維英《清明竹枝詞》；張書紳《端午竹枝詞》；傅於天《葫蘆墩竹枝詞》；王凱泰《臺灣雜詠》、《臺灣續詠》；何澂《台陽雜詠》；馬子翊《台陽雜興》；吳德功《臺灣竹枝詞》、《番社竹枝詞》；許南英《臺灣竹枝詞》；周莘仲《臺灣竹枝詞》；李振唐《臺灣竹枝詞》；陳朝龍《竹塹竹枝詞》；黃逢昶《臺灣竹枝詞》；丘逢甲《臺灣竹枝詞》；屠繼善《恆春竹枝詞》，等等。

清代臺灣風土筆記之較著者有：《稗海紀遊》（郁永河，1697）、《台海使槎錄》（黃叔敬，1742）、《台海見聞錄》（董天工，1751）、《海東劄記》（朱景英，1772）、《蠡測匯抄》（鄧傳安，1830）、《問俗錄》（陳盛韶，1833）、《一肚皮集》（吳子光，1873）、《東瀛識略》（丁紹儀，1875）、《台陽見聞錄》（唐贊袞，1891）等。[5]

（二）臺灣現代作家呂赫若（1914—1951）的小說《石榴》[6]描述了招贅婚的種種情況：

1.《石榴》裡的金生、大頭和木火三兄弟，除木火未婚而死外，金生和大頭的婚姻均屬於招贅婚。這從一個側面說明招贅婚

[5] 引自拙著《閩台歷史社會與民俗文化》，第 155—156 頁，廈門，鷺江出版社 2000 年 8 月版。

[6] 收《呂赫若小說全集》，臺北，遠景出版社 1979 年版。

曾是臺灣社會常見的婚姻形式之一。

2.招贅婚可以分為招入婚（隨妻居）和招入娶出婚（婚後一段時間，贅夫攜妻返回本家居住）。金生的婚姻顯然屬於招入娶出婚：「入贅的條件只說八年，之後就無條件讓他獨立」。

3.招贅婚生育的兒子之隨父姓或隨母姓的問題婚前須有規定。所生第一個兒子必須隨母姓，這在臺灣民間叫「抽豬母稅」。《南投縣婚喪禮俗》記：

> （隨妻居的贅婿）其子中至少一人即長子仍然姓妻姓外，其餘的子女均姓贅婿之姓。而招入□（娶）出的贅婿自己無須改其姓氏，但亦至少其長子亦需與其妻同姓，其餘的子女才姓自己之姓。此種因入贅所生的子女與妻同姓者俗稱為「抽豬母稅」。
>
> 據云抽豬母稅的來由乃因古時有人將自己的小母豬免費送他人飼養，或以大的母豬借他人飼養，直至此母豬生產小豬時則可向飼養的借方要回原已講明的小豬頭數，以抽回小豬作為送人或借人母豬的代價。[7]

所生兒子裡必須有一個隨母姓，則叫「討雞母稅」。《閩南話漳腔辭典》於「討雞母稅」條下記：

> 一種當地的民俗，上門女婿結婚前商訂婚後所生的兒子必

[7] 引自《南投縣婚喪禮俗》（《南投文獻叢輯》第19輯），第28頁，臺灣省南投縣文獻委員會1972年版。

須有一個姓女方的姓。[8]

金生的妻家「是一個母親一人、兄嫂有兩個小孩的家庭」,「為妹招夫的動機是希望有個勞動的幫手」,不存在子嗣承繼方面的問題和考量,所以婚前約定「並沒有說生下來的小孩歸屬於他們家」。

4.金生是長子,他的招贅婚具有特殊性,按照宗法制度的規定,長子、長孫、長曾孫、長玄孫……的承繼系統始終代表男性始祖的正體,是「百世不遷」的。金生「生活這般貧困如果不入贅他家,是無法娶妻的」,作為長子更有「不孝有三,無後為大」的壓力,因而接受了招贅婚。

那麼,作為長子,金生在妻家如何處置自家的祖先牌位呢?這在人類學著作裡是未見報告的。《石榴》的報告是:

因為入贅,所以他祖先的靈位放入吊籠,設置在稻穀脫穀的房間裡。妻子在堆積穀籠的角落,抱著嬰兒,兩側站著兩個兒子,正等待他的歸來。金生從梁上把掛著的吊籠拿下來,擺在長椅上,將祖先的牌位放入籠裡,前面擺著供物……。

(三)拙稿《民俗、方言與臺灣文學》[9]指出:

民俗和方言本來就有一層如影隨形的關係。民俗學家顧頡

---

[8] 引自陳正統主編:《閩南話漳腔辭典》,第 521 頁,北京,中華書局 2007 年 1 月版。

[9] 收拙著《閩台歷史社會與民俗文化》。

> 剛嘗謂：「以風俗解釋方言，即以方言表現風俗，這是民俗學中創新的風格，我深信其必有偉大的發展。」顧頡剛肯定的是人類文化語言學（ethnolinguistics）的研究方向，亦即民俗和方言的密切關係。民俗和方言共同介入臺灣文學，主要是由這層關係約定的。

又指出：

> 一部《光復前臺灣文學全集》（1920—1945）簡直就是一部「臺灣民俗志」和「臺灣方言詞彙」的合訂本。

我從《光復前臺灣文學全集》舉例取證，其中之一是：

> 村老的《斷水之後》（1931）裡有一句罵人的話：「幹恁開基外祖」。什麼叫「開基外祖」呢？在歷史上，臺灣社會是一個移民社會。移民的艱難困苦和單身移民的比例使得招贅婚成了臺灣移民社會裡常見的婚姻形式。招贅婚（uxorilocality）在臺灣可以分為招入婚（隨妻居）和招入娶出婚（婚後一段時間，贅夫攜妻返回本家居住）。招贅婚的婚生子女在未分家前，廳堂上同時供奉父、母兩姓的祖先牌位，母性祖先為主系祖先，父姓祖先為外姓祖先；分家後，則各自供奉本姓祖先為主系祖先，對方姓氏祖先為外姓祖先。「開基外祖」就是外姓祖先，「幹恁開基外祖」在臺灣曾是一句流行的粗話，除了「操你祖宗」的用意外，還有用招贅婚來羞辱人的用心。

二、

10餘年前，有臺灣學界友人批評我對臺灣竹枝詞的研究缺乏「文學審美」。對此，我低頭不語。在我看來，學術研究應該有分工，各工種之間不當互相排斥。

顧頡剛先生曾經說：

> 我以為各人有各人的道路可走，而我所走的路是審查書本上的史料，別方面的成績我也應該略略知道，以備研究時的參考……建築一所屋子，尚且應當有的人運磚，有的人畚土，有的人斷木，有的人砌牆，必須這樣幹了方可有成功的日子。各人執業的不同，乃是一件大工作下的分工。何嘗是相反相拒的勾當！……我深信，在考證中國古文籍方面不知尚有多少工作可做，盡我們的一生也不過開了一個頭而絕不能終其事。[10]

我對臺灣竹枝詞研究的工作和工作成果包括了如下一段論述：

> 連橫《臺灣詩乘》記：「仙根在台之時，著有《柏莊詩草》，乙未之役散佚，聞為里人所得。傅鶴亭曾向借抄，弗許，故未得。其舊作唯臺灣竹枝詞四十首，久播騷壇，為選二十，以實《詩乘》」，並記所選二十首之中「第九、第十五、第十八、第十九，與周莘仲廣文台陽竹枝詞之第七、第三、

[10] 顧頡剛：《戰國秦漢間人的造偽與辨偽》，引自顧頡剛：《漢代學術史略》，第211頁，北京，東方出版社1996年3月版。

第一、第四首相同，恐為抄傳之誤。」

周莘仲，名長庚，福建侯官人，清代同治壬戌（1862）舉人，曾任建甌、彰化等地教諭。唐景崧在《詩畸》卷首之序文中稱周莘仲為善於「詩鐘」的「閩中作手」（黃得時《唐薇卿駐台韻事考》錄唐氏序文時，誤將「周莘仲廣文長庚」讀為「周莘、仲廣、文長庚」，見《臺灣文獻》第十七卷第一期）。

我們曾見《周莘仲廣文遺詩一卷》，封面有陳寶琛題簽，其文曰：「周教諭遺詩，陳寶琛題」。卷首並有林琴南作於乙未（1895）年五月的序文一篇，序文中說明是書曾經江伯訓、林琴南校閱。書中收有《臺灣竹枝詞十三首》。

茲從《柏莊詩草》中檢出已見於《周莘仲廣文遺詩一卷》之「臺灣竹枝詞」凡八首：

黑海驚濤大小洋，草雞（周本作「朱明」）去後辟洪荒。一重苦露（周本作「霧」）一重天，人在腥風蜑雨鄉。

竹邊竹接屋邊屋（周本作「竹邊屋接竹邊屋」），花外花連樓外樓（周本作「樓外花連花外樓」）。客燕不來泥滑滑，滿城風雨正騎愁（周本作「秋」）。

紅羅檢點掛（周本作「嫁」）衣裳，豔說糖（周本作「糍」）團饋婿鄉。十斛檳榔萬蕉果，高歌黃竹女兒箱。

盤頂紅綢（周本作「綃」）裹鬢丫，細腰雛女學當家。攜（周本作「筠」）籃逐（周本作「小」）隊隨娘去，九十九峰采竹牙（周本作「歌採茶」）。

鯤鯓（周本作「沙鯤」）香雨竹溪孤，海氣（周本作「氛」）

籠沙掩（周本作「蔽」）畫圖。襯出覺王金偈地，斑支花蕊（周本作「花底」）綠珊瑚。

峰頂烈焰火光奇，南紀岡巒仰大維。寄語沸泉休太熱，出山終有凍流時（周本作「作凍時」）。

竹子高高百尺幡，盂蘭盛會話中原（周本作「中元」）。尋常一飯艱難甚，梁肉如山餉鬼門。

賀酒新婚社宴（周本作「生番婚宴」）羅，雙攜雀嫂與沙哥。鼻簫吹裂前峰月，齊叩銅環起跳歌。[11]

誰謂此番工作、此等工作成果無關緊要呢？

現在，我來談談臺灣文學古籍的研究。

拙稿《〈台海擊缽吟集〉史實叢談——兼談臺灣文學古籍的學術分工》[12]一文做了三項工作。

1.考證《台海擊缽吟集》版本和內容方面的問題，澄清了「《台海擊缽吟集》出版於 1908 年，是書為 1886—1889 年間竹梅吟社同人的擊缽吟彙編」的誤解。

2.從《台海擊缽吟集》所收林癡仙的擊缽吟作品，澄清林癡仙《無悶草堂詩存》「不錄擊缽吟」的不確之說。

3.從《台海擊缽吟集》選取史料，包括纏足、婢女、曆法和日據臺灣時期閩、台兩地交流交往的相關史料。

臨末指出：

同任何一地、任何一類的古籍之研究一樣，臺灣文學古籍

---

[11] 引自拙著《臺灣社會與文化》，第 209—210 頁。

[12] 收拙著《閩台地方史研究》，福州，福建教育出版社 2008 年 7 月版。

> 研究本有學術分工，「審查書本上的史料」(包括史實考證)亦其工種之一；我們對於臺灣文學古籍如《台海擊缽吟集》，一冊在手，可以從文學的、審美的角度來閱讀，以評估其文學的或美學的意義；也可以從史學的、審查的態度來解讀，以發現其史學的或社會學的價值。在我看來，臺灣文學古籍的史學價值和社會學價值亦是研究者應當留意的部分。

臺灣文學古籍的研究也需要其他學科研究的支援。我對臺灣閩南語歌仔冊的研究很大程度上乃得力於語言學的研究。如：

> 《最新百花歌》有「世間做人真荒花」句。「荒花」一語怎麼讀、什麼義？閩南語方言區年老如我、年長於我的許多老人多已不知其音、義。我近見臺灣某學者在其談論閩南語歌仔冊的文章裡亦為「荒花」一語納悶。但此公似乎已無研究「荒花」音、義的興趣，轉而侈談其「台語」脫離「華語」之論：「(荒花)等詞，則明顯是由華語直接借用而來，就臺灣一般的口語而言，也是格格不入的。相對地，臺灣的書寫讀來則大多通暢無阻，這顯示臺灣的歌仔冊書寫已漸脫離其所從來的源頭。」此番言論即使在學術上也是不確之論。政治的偏見往往導致學術的傾斜，此其例也。實際上，「荒花」一語在閩南語裡曾是常用詞，《新刻過番歌》(「南安江湖客輯」、「廈門會文堂發行」)也有「荒花留連數十載」句。據 1899 年出版的《廈門閩南語之漢英字典》(Chinese-English Dictionary of Vernan

Language of Amoy）第 2 版第 136 頁，「荒花」音為[haŋ hue]，意為淒涼即無助的（desolate）、無用的（laid waste）、淒亂即無序的（all in disorder），無助、無用而無序，意近於「無奈」。[13]

三、

1990 年，我在劉登翰等教授主持下參與《臺灣文學史》的編寫（該書上、下卷分別於 1991 年 6 月、1993 年 1 月由海峽文藝出版社出版，全書於 2007 年 9 月由現代教育出版社再版）。

記得梁啟超先生嘗謂：

> 做文學史，要對文學很有趣味、很能鑒別的人方可以做。他們對於歷代文學流派，一望過去即可知屬某時代，並知屬某派。比如講宋代詩，哪首是西崑派，哪首是江西派，文學不深的人只能剿襲舊說，有文學修養的人一看可以知道。[14]

然而，我的深切體會卻是：

> 作為史學著作，文學史著的寫作往往由中文（國文）系（所）出身的學者來完成。由於缺乏嚴格的史學訓練，史學常識

[13] 引自拙著《閩台緣與閩南風》，第 217—218 頁，福州，福建教育出版社 2006 年 7 月版。

[14] 梁啟超：《中國歷史研究法》，第 337 頁，北京，東方出版社 1996 年 3 月版。

錯誤常常也被帶進書中。我在寫作《臺灣文學史・近代文學編》時，曾參閱在大陸獲獎的某詞典中關於「劉家謀」的詞條，從中接受了「臺灣府學教諭」這樣的常識錯誤，清代府、廳、縣學各設教授、學正、教諭一人以主其事，又設訓導副之。劉家謀曾任寧德縣學教諭，到台後擔任的是「臺灣府學訓導」。又，我根據清代科舉史料斷言：「劉家謀的生年，一般史志均據劉家謀的卒年（1853）和享年（40 歲）推算為 1814 年。據《清代福建鄉會珠卷齒錄匯存》中劉家謀親自填寫的履歷，劉家謀生於嘉慶乙亥（1815）2 月 16 日。」

近讀朱彭壽《安樂康平室隨筆》（中華書局 1982 年版），始知自己製造了錯誤。《安樂康平室隨筆》記：「文人為士大夫撰墓誌傳狀，於生卒年歲最宜詳考，稍不經意，即易傳訛。猶憶光緒壬辰八月間，壽陽祁文恪師世長，卒於工部尚書任內，時年六十有九，實生於道光甲申。然舊時所刻鄉會試朱卷，則皆作乙酉生，蓋循俗例，應試時少填一歲耳（少填歲數，南宋《登科錄》中即已如是）。迨接訃告，乃雲生乙酉、卒壬辰、享壽六十有九。以生卒干支與年歲計之，殊不相應。余心知其誤，然以無甚關係，故往吊時亦未與文恪後裔言及也。後讀王益吾祭酒《虛受堂文集》，其所撰《文恪神道碑》，則云生乙酉、卒壬辰、享壽六十有八，殆乃據訃告所載，而以年歲推算不合，遂減去一歲，俾與生卒干支相符。然文恪實年，則竟遭改削矣。恐他人文集中似此者正複不少，且所敘生卒干支，與年歲

> 不相應者，亦往往有之。偶閱疑年正續諸錄，有因年歲不合，輒多方引證以說明者。爰舉文恪事以破其疑，並為當代文人操觚率爾者勖。」
>
> 我為《臺灣文學史・近代文學編》裡的過失感到不安，特借此機會提出更正，並以此事例說明向史學界者請益在文學史編述工作中的必要性。據我所知，海峽文藝出版社出版的《臺灣文學史》在編寫過程中有鄧孔昭（廈門大學副教授）、楊彥傑（福建社會科學院副研究員）兩位歷史學者參加了意見。他們為該書祛斑、增色，功亦不可沒也。[15]

我在 1993 年 10 月 18 日，在 15 年前寫了以上一段文字。我表達的是對於多學科研究的視角和多學科分工合作的期許和期盼。

文學史是一種專門史。在文學史編寫過程裡，文學同史學的合作實際上是文學史研究同其他專門史研究的合作。

我在《臺灣文學史・近代文學編》裡寫道：

> 1877 年（光緒三年丁丑），丘逢甲參加台南院試（童子試的第三級考試）。主是年院試的福建巡撫丁日昌詢知逢甲姓名、生年後說「甲年逢甲子。」逢甲聞言對以：「丁歲遇丁公。」[16]

---

[15] 引自拙著《臺灣社會與文化》，第 247—248 頁。

[16] 引自劉登翰等主編：《臺灣文學史》，第 1 冊，第 263 頁，北京，現代教育出版社 2007 年 9 月再版本。

在這段文學史實的背後，有制度史研究的成果做支撐：

1.丘逢甲生於清同治三年甲子（1864）。「甲子」既是干支曆年之首，又是對逢甲的稱謂。以「甲子」入於聯中，則「甲年逢甲子」至少涵有二義：甲年（甲子、甲戌、甲申、甲午、甲辰、甲寅）周而復始適逢甲子之年；甲年（甲子之年）恰逢甲子（謂丘逢甲）誕生。逢甲所對「丁歲遇丁公」就更加巧妙了。「丁歲」乃丁丑歲的簡稱，「丁公」是對丁日昌的尊稱。「丁歲遇丁公」除了「在丁丑歲得遇丁公」之意，還兼有知遇感恩的用意，字字恰到好處，無怪乎丁日昌聞言大喜了。

這裡涉及了曆法（干支紀年法）制度和科舉制度。

2.主持院試本是各省「提督學政」的職責。從 1684 年到 1895 年，臺灣的「提督學政」，先後由分巡台廈兵備道（1684—1721）、分巡台廈道（1721—1727）、巡台御史（1727—1751）、分巡臺灣兵備道（1752—1874）、福建巡撫（1875—1877）、分巡臺灣兵備道（1878—1888）、臺灣巡撫（1888.10—1895）兼理。光緒丁丑之歲（1877）正是福建巡撫主持臺灣學政的年頭，丘逢甲這才有了「丁歲遇丁公」的機會。

這裡涉及了科舉制度以及職官制度史研究的成果。

我也曾從語言和文學的關係、從語言學的視角來考察臺灣現代文學的歷史，考量臺灣現代文學作品的分類、臺灣現代文學史的分期和臺灣現代作家創譯用語的分析。拙稿《語言的轉換與文學的進程——關於臺灣現代文學的一種解說》[17]一文裡指出：

---

[17] 收拙著《閩台區域社會研究》，廈門，鷺江出版社 2004 年 3 月版。

臺灣現代文學（包括現代時段的臺灣新文學）及其歷史的研究始於臺灣光復初期，亦即臺灣現代文學史的最後階段（1945—1948）。在此一研究領域，臺灣學者王錦江（詩琅）的《臺灣新文學運動史料》(1947) 乃是最早、亦是最好的論文之一。王錦江此文留意及於臺灣現代作家的寫作用語、留意及於臺灣現代文學在日據時期發生的「一種特別的、用中文和日文表現的現象」。

於今視之，王錦江當年留意的問題似乎很少受到留意，由此而有弊端多多。例如，有臺灣現代文學史論著對臺灣現代作家吳濁流的文言作品完全未予採認，對其日語作品，則一概將譯文當做原作、將譯者的國語（白話）譯文當做作者的國語（白話）作品來解讀。我們可以就此設問和設想，假若臺灣現代文學作品在寫作用語上的採認標準是國語（白話），文言不是國語（白話），文言作品固當不予採認；但日語也不是國語（白話），日語作品為什麼得到採認？假若日語作品的譯者也如吾閩先賢嚴復、林紓一般，將原作譯為文言而不是國語(白話)，論者又將如何措置？另有語言學研究論文亦將吳濁流作品之譯文當做原作，從1971 年的國語（白話）譯文裡取證說明作品作年（1948）之語言現象。

又指出：

作為一個歷史時期的遺留，我們今天看到的臺灣現代文學作品略可分文言作品、國語（白話）作品和日語作品。其

> 中，部分日語作品發表前已經過譯者譯為國語（白話），已經過一個語言轉換的過程，如楊逵作、潛生譯的《知哥仔伯》，葉石濤作、潛生譯的《澎湖島的死刑》和《汪昏平・貓・和一個女人》；大部分日語作品則在發表後經過譯者譯為國語（白話）、又經過一個語言轉換的過程。因此，對臺灣現代文學作品還應有原作和譯文之辨；對於譯文又當注意各種譯本之別，如呂赫若作品之施文譯本、鄭清文譯本和林至潔譯本等。

某些臺灣現代文學作品的創作過程其實是一個語言轉換的過程、一個亦創亦譯的過程。如賴和作品的從文言初稿到國語（白話）夾雜方言的定稿，呂赫若作品的從方言腹稿到日語或國語（白話）文稿。與此相應，臺灣現代作家的創作用語其實可以稱為創、譯用語，它涉及文言、國語（白話）、日語和方言。

並且指出：

> 臺灣現代作家的寫作用語從第一階段的文言加上國語（白話）和日語，到第二階段的文言和日語，再到第三階段的完全採用國語（白話），洽是一個起承轉合的過程，從起到合又恰是一個從文言到國語（白話）的過程。

今天的課就此打住。相信同學們會對臺灣文學、對多學科研究的視角有更多的關心和留意。

2008 年 10 月 3 日凌晨

寫成於京師大學堂舊址近旁之旅舍

國家圖書館出版品預行編目資料

臺灣文學史研究 / 汪毅夫著. -- 初版. -- 臺北市
: 蘭臺, 2019.10
面； 公分. --(臺灣文學研究叢書; 4)
ISBN 978-986-5633-81-3 (平裝)

1.臺灣文學史 2.文學評論 3.文集
863.09 108009044

臺灣文學研究叢書 4

臺灣文學史研究

著　　者：汪毅夫
編　　輯：沈彥伶
美　　編：沈彥伶
封面設計：陳勁宏
出 版 者：蘭臺出版社
發　　行：蘭臺出版社
地　　址：台北市中正區重慶南路 1 段 121 號 8 樓之 14
電　　話：(02)2331-1675 或(02)2331-1691
傳　　真：(02)2382-6225
E—MAIL：books5w@gmail.com 或 books5w@yahoo.com.tw
網路書店：http://5w.com.tw/、https://www.pcstore.com.tw/yesbooks/
博客來網路書店、博客思網路書店
三民書局、金石堂書店
經　　銷：聯合發行股份有限公司
電　　話：(02) 2917-8022　　傳 真：(02) 2915-7212
劃撥戶名：蘭臺出版社　帳號：18995335
香港代理：香港聯合零售有限公司
地　　址：香港新界大蒲汀麗路 36 號中華商務印刷大樓
C&C Building, 36,Ting, Lai, Road, Tai,Po, New,Territories
電　　話：(852)2150-2100　　傳真：(852)2356-0735
出版日期：2019 年 10 月 初版
定　　價：新臺幣 360 元整（平裝）

ISBN 978-986-5633-81-3